비룡잠호
秘龍潛虎

오채지 新武俠 판타지 소설
FANTASTIC ORIENTAL HEROES

비룡잠호 6

오채지 新무협 판타지 소설

초판 1쇄 찍은 날 § 2012년 1월 18일
초판 1쇄 펴낸 날 § 2012년 1월 25일

지은이 § 오채지
펴낸이 § 서경석

편집부장 § 권태완
편집책임 § 주소영

펴낸곳 § 도서출판 청어람
등록번호 § 제1081-1-89호
등록일자 § 1999. 5. 31
어람번호 § 제2-2200호

주소 § 경기도 부천시 원미구 심곡2동 163-2 서경B/D 3F (우) 420-822
전화 § 032-656-4452 팩스 § 032-656-4453
http://www.chungeoram.com
E-mail § chungeoram@chungeoram.com

ⓒ 오채지, 2011

ISBN 978-89-251-2754-5 04810
ISBN 978-89-251-2591-6 (세트)

비룡잠호

秘龍潛虎

6

오채지 新무협 판타지 소설

FANTASTIC ORIENTAL HEROES

청어람
도서출판

目次

第一章
나부문(蘿府門)의 후예

군중의 웅성거림은 끝날 기미를 보이지 않았다. 비무대에 오른 강철투구인의 정체를 두고 설왕설래를 하는 까닭이다. 하지만 한참이 지나도록 그를 알아보는 사람은 나타나지 않았다.

"저자가 수라마군인가요?"

장자이가 물었다.

살극달이 '그가 왔어'라고 말하자 비무대의 강철투구인이 수라마군이라고 생각한 모양이었다. 조빙빙, 매상옥, 검노도 딱딱하게 굳은 얼굴로 살극달의 입을 응시했다. 그들은 수라마군을 본 적이 없었다.

"그날 천년부호에서 수라마군을 만났을 때, 그의 곁에는 수하로 보이는 자들 아홉이 있었다. 저자는 그중 하나였는데 한 자루 장검을 귀신처럼 다루었지."

"그렇다면……."

장자이가 낮게 신음하며 서둘러 관중 속으로 시선을 던졌다. 조빙빙, 매상옥, 검노 역시 약속이나 한 듯 주위를 두리번거렸다. 수하가 나타났다면 수라마군도 당연히 나타나지 않았겠는가.

하지만 소용없었다.

갖가지 복색을 한 수천 명의 군중 속에서 한 사람을 찾아내기란 쉬운 일이 아니었다. 무엇보다 그들은 수라마군의 얼굴을 본 적이 없었다.

네 사람의 시선은 다시 살극달을 향했다.

살극달은 침잠한 눈으로 비무대를 응시할 뿐이었다. 서두를 이유가 없다. 수라마군은 분명 이곳 어딘가에 와 있고, 때가 되면 등장을 하지 않겠는가. 중요한 것은 그가 무슨 일을 꾸미는지 알아내는 것이고, 그 단초는 비무대에서 시작될 것이다.

강철투구인은 수많은 관중이 지켜보는 가운데 비무대의 중앙으로 걸어갔다. 얼굴의 절반을 강철투구로 가린데다 햇

빛까지 등겨 표정을 알 수는 없었지만, 전신에서 뿜어져 나오는 냉기가 예사롭지 않았다. 장내는 찬물을 뒤집어쓴 것처럼 고요했다.

"이상하다."

검노가 고개를 갸웃했다.

"뭐가 말입니까?"

매상옥이 물었다.

"저 녀석 왠지 낯이 익어."

"아는 사람이란 말씀입니까?"

"내가 언제 안다고 했느냐. 낯이 익다고 했지."

"그래서 아는 사람이냐고 여쭌 게 아닙니까."

"이런 멍청한 놈!"

검노는 대답할 가치도 없다는 듯 버럭 소리를 질러놓고는 살극달의 곁으로 다가와 혼잣말처럼 중얼거렸다.

"나도 모르게 살의가 느껴지는 게, 왠지 좋은 사이로 만난 것 같지가 않단 말이야."

"두고 보면 알겠죠."

군중의 웅성거림이 언젠가부터 묘한 분위기로 바뀌고 있었다. 강철투구인의 외모 때문이다. 본시 용봉지연은 후기지수들 간의 비무라는 의의에 맞게 참가 자격을 삼십 세 이하로 제한한다. 한데 지금 비무대 위로 오른 강철투구인은 누가 보아도 장년인이었다.

그럼에도 불구하고 누군가 딱 꼬집어 그것을 문제 삼지 않는 것은 상대의 정체를 모르기 때문이었다. 누군지를 모르는데 나이를 어떻게 알 것인가.

겉으로 보이는 모습으로는 나이를 확신할 수가 없다. 무림인들 중에는 새파란 청년인 것 같아도 알고 보면 팔순의 노인인 자가 있는가 하면, 늙다리 장년인 같아도 사실은 이십 대 청춘인 경우도 많았다.

하지만 용봉지연을 주체하는 입장에선 그것을 짚고 넘어가지 않을 수 없었다. 비무를 진행하는 사내, 석가장 호법당의 탕무정이 비무대로 올라와 외쳤다.

"신분을 밝히시오."

"용봉지연은 흑백을 따지지 않는다고 들었소만."

강철투구인의 입에서 어딘가 어색한 한어가 흘러나왔다. 반쪽만 보일망정 얼굴은 분명 한족이지만 어투는 이민족의 그것이었다.

"흑백을 따지지는 않으나 어느 문하의 누구인지는 밝혀야 하오."

"앞뒤가 맞지 않는군. 흑백을 따지지 않는다면서 이름 따위는 알아 무엇하겠소. 무인은 오직 검으로 말하면 되지 않겠소?"

"비무대에 오른 사람들은 최소한 자신이 누구와 싸우는지 는 알아야 하지 않겠소? 그게 무림의 법도이며 이곳에 모인 사람들에 대한 최소한의 예의일 것이오."

"군중에게 차릴 예의도 없지만, 굳이 신분을 밝히라니 어 쩔 수 없군. 스승을 모신 바는 없고 줄곧 새외에서 홀로 떠돈 터라 무명 따위도 없소. 다만 이름은 목추경이라 하오."

작은 목소리였지만 그의 음성은 연무장에 모인 군중 모두 에게 또렷이 들렸다. 군중은 목추경이 누구냐는 얼굴로 서로 를 바라보았다. 하지만 목추경이라는 인물에 대해 아는 사람 은 이번에도 나타나지 않았다.

탕무정이 다시 말했다.

"확실히 처음 들어보는군. 한데 용봉지연은 후기지수들의 경연장으로 서른 이하만 출전할 수 있다는 규정을 아시오?"

"물론이오."

"그걸 알면서도 비무대로 올라왔다는 말이오?"

"문제라도 있소?"

"당연한 것 아니오. 귀하는 얼핏 보기에도……."

"올해로 서른이오."

"우우!"

연무장에 모인 군중으로부터 야유가 쏟아졌다.

탕무정은 할 말을 잃었다.

강철투구인은 누가 보아도 마흔을 훌쩍 넘긴 장년인이다. 한데 본인은 서른이라고 한다. 십중팔구 거짓말일 게 분명하지만 사특한 무공을 익혀 겉늙어 보인다고 우기면 억지로 끌어내릴 수도 없는 것이 용봉지연을 주최하는 석가장의 입장이었다.

그렇다고 내력을 추궁할 수도 없었다. 흑백을 따지지 않는다는 말은 상대의 내력을 깊게 캐지 않는다는 말과도 같았다.

탕무정은 살짝 마른침을 삼켰다.

지금부터는 말을 아주 잘해야 한다.

필시 구담과 이도굉의 비무를 구경하다 끓어오르는 호승심을 이기지 못하고 뛰어든 떠돌이 도객일 터, 탕무정은 일이 커지기 전에 개망신을 줘서라도 끌어내려야겠다고 생각했다.

다행히 그는 언변이 좋았다.

비무와 전혀 관련이 없는 호법당의 조장인 그가 진행을 하게 된 것도 이처럼 돌발적인 상황을 염두에 둔 것이었다.

"귀하의 나이를 증명할 수 있소?"

"호패를 말하는 거라면 없소."

"무림인에게 호패 따위가 무슨 소용이 있단 말이오. 귀하의 나이를 증명해 줄 사람이 있으면 좋겠소."

"없소."

"그렇다면 애석하게 됐구려. 귀하는 용봉지연에 참가할 수 없소."

"내 나이가 서른이 아니라는 증거도 없잖소."

"일전에도 가끔 이런 일이 있었소. 신분을 밝히길 꺼리는 흑도의 형제들이 무작정 비무대로 오르곤 했지. 그때마다 우리의 규칙은 하나였소. 참가 자격을 두고 시비가 일어날 경우 나이를 스스로 증명한다."

"나는 나이를 속여서까지 참가할 만큼 낯이 두꺼운 사람이 아니오."

탕무정은 슬쩍 짜증이 났다.

이쯤 되면 스스로 얼굴을 붉히며 내려갈 법도 하건만 어찌 된 영문인지 강철투구인은 계속 고집을 부렸다. 낯이 두꺼워도 보통 두꺼운 게 아니다. 이런 부류에게 끝까지 예를 갖출 만큼 탕무정은 너그럽지 않았다.

"말을 여러 번 하게 만드는군. 거듭 말하거니와 용봉지연은 후기지수들의 경연장이오. 얼핏 보기에도 쉰을 바라보는 나이에 아들뻘의 후기지수들과 비무를 한다면 천하인들의 비웃음을 사지 않겠소?"

탕무정은 강철투구인을 아예 쉰 살가량으로 낙인을 찍어

버렸다. 조금 많이 간 듯싶었지만, 그의 말에 동조하기라도 하듯 군중이 야유를 쏟아냈다.

강철투구인의 갑작스러운 등장으로 한창 오르던 흥이 깨진데다 안하무인격인 태도가 마음에 들지 않은 터라 군중의 야유는 필요 이상으로 과격했다.

"후기지수라 하여 만만한 줄 아나 보지!"

"늙은 주제에 낯부끄러운 줄을 알아라!"

"시간 끌지 말고 꺼져라!"

탕무정은 조소를 흘리며 강철투구인을 바라보았다. 이런 상황에서도 끝까지 비무를 하겠다고 우기면 그야말로 염치를 모르는 위인이 되는 것이다. 한데 강철투구인의 반응은 그의 예측을 완전히 벗어났다.

"그 말은 비난만 감수하면 불가능하지는 않다는 뜻이오?"

강철투구인은 자신의 나이가 쉰을 바라본다는 걸 인정했다. 이 많은 사람이 지켜보는 앞에서 비난을 감수하고서라도 새파란 후기지수들과 비무를 하겠다니, 이겨도 비난을 면치 못하고 지면 두고두고 강호인들의 웃음거리로 전락하리라. 뇌가 반 냥이라도 있다면 그걸 모르지 않을 텐데, 이자는 왜 이런 어깃장을 부리는가.

그렇다.

이건 어깃장이다.

탕무정의 눈동자에 살짝 기광이 돌았다.

강철투구인은 서른 살 이하는 참가할 수 없다는 용봉지연의 규칙을 알고도 일부러 올라왔다. 무언가 의도한 바가 있었다. 그 의도가 결코 호의적일 리 없었다.

군중의 야유가 다시 한 번 터지는 사이 탕무정은 슬그머니 귀빈석으로 시선을 주었다. 귀빈석엔 자하부의 뇌정신군이 죽은 후 구패가 된 아홉 명의 패주들과 내로라하는 방파의 존장들이 당당한 모습으로 앉아 있었다. 그들은 처음부터 이 상황을 지켜보았다.

탕무정은 그중에서도 중앙에 앉아 있는, 자신의 주군이자 오늘의 자리를 만든 장본인인 석단룡을 바라보았다.

석단룡은 조용히 고개를 가로저었다.

강철투구인을 끌어내리라 지시한 것이다.

더는 시간을 끌 이유가 없었다.

탕무정이 비무대 바깥에 대기하고 있던 호법당의 수하들을 향해 눈짓을 했다. 무장을 갖춘 십수 명의 검수들이 기다렸다는 듯 비무대 위로 뛰어 올라와서는 눈 깜짝할 사이에 강철투구인을 에워쌌다.

탕무정이 말했다.

"무슨 속셈인지 모르나, 제 발로 비무대를 내려갈 수 있는 마지막 기회요. 어쩌시겠소?"

최후의 경고를 한 셈이었다.

강철투구인은 꿈쩍도 하지 않았다.

그는 귀빈석에 앉아 있는 무림의 명숙들을 힐끗 바라본 후 모두가 들으라는 듯 큰 목소리로 말했다.

"내가 비무의 상대로 굳이 후기지수를 고집하지 않으면 어떻소?"

군중의 웅성거림이 주담자의 물처럼 부글부글 끓어올랐다. 말대로 하자면 후기지수 외에 누구와도 싸울 용의가 있다는 것인데, 이건 용봉지연의 규칙을 깨겠다는 파격적인 발언이었다.

강철투구인의 말이 이어졌다.

"강호의 다툼은 늙고 젊음을 따지지 않고, 강자와 약자를 따지는 법이 없으며, 다수와 소수를 따지지도 않소. 또한 노강호라고 하여 반드시 젊은이를 이기라는 법이 없고, 젊은이라고 하여 반드시 늙은이를 이기지 못하리란 법이 없거늘, 굳이 후기지수들로만 제한을 둔다면 용봉지연은 결국 애들 싸움이란 오명을 피하지 못할 것이오."

탕무정이 와락 인상을 구겼다.

귀빈석에 있던 무림의 명숙들은 낯빛을 굳혔다. 특히 차양 아래에서 사태를 예의주시하고 있던 명문의 후기지수들은 분노한 기색을 감추지 못했다.

용봉지연은 무림의 미래를 짊어질 후기지수들이 무공을 겨루고 명성을 드높이는 것이 그 취지다. 비록 정치적인 속셈이 따로 있을지는 모르나 표면적으로는 그렇다.

결코 나이가 어리거나 실력이 미천해서 서른 이하로 제한한 것이 아니다. 나이 제한이 없다면 용봉지연은 무림의 최고수들이 문파의 자존심을 걸고 싸우는 전쟁이 될 것이다.

한데 강철투구인은 이건 고찰없이 '애들 싸움'이라는 한마디로 용봉지연의 의의를 깎아내려 버렸다. 더불어 용봉지연에 참가한 수많은 후기지수의 자존심에 똥물을 퍼부어 버렸다.

"말로는 통하지 않을 작자로군."

탕무정이 수하들을 향해 사납게 눈짓을 했다.

십수 명의 검수들이 일제히 검을 뽑아 들었다. 그 순간 강철투구인이 또다시 큰 소리로 말했다.

"노소를 막론하고 나의 삼 초를 받아낼 만한 자가 진정 중원무림엔 한 명도 없단 말이오!"

강철투구인이 중원무림을 언급하자 분위기는 급랭했다. 마치 중원의 분위기를 모르는 새외의 무인이 중원무림에 도전장을 낸 듯한 모양새였다.

"삼 초라니, 그게 무슨 소리요?"

군중 속에서 누군가 외쳐 물었다.

"말 그대로 난 오직 삼 초식만을 사용할 것이오. 그때까지 쓰러지지 않는 자가 있다면 나 스스로 팔 하나를 자른 후 조용히 내려갈 것이오. 이만하면 나이를 증명하지 못한 것에 대한 충분한 보상이 되리라 생각하오만."

좌중이 찬물을 끼얹은 듯 고요해졌다.

지금 이곳엔 열 손가락으로 꼽히는 무림의 고수들이 상당수 와 있었다. 노소를 따지지 않는다면 그들과도 싸울 용의가 있다는 뜻이다.

그럴 리야 없겠지만, 만약 그들이 나선다면 삼 초식 만에 쓰러뜨리기는커녕 삼 초식 만에 목이 달아날 수도 있다.

백번 양보해서 강철투구인이 그들의 삼 초식을 견딘다고 해도 팔 한 짝을 바쳐야 한다. 자해나 다름없는 짓을 강철투구인은 왜 자초하는가.

군중 속 누군가가 다시 물었다.

"지금 이곳엔 구패의 패주들을 비롯해 내로라하는 강호의 명숙들이 모두 모여 있소. 노소를 따지지 않는다면 그들과도 기꺼이 상대할 수 있단 말이오?"

강철투구인은 귀빈석에 앉아 있는 강호의 명숙들을 일별한 후 다시 군중을 향해 짧고 간단하게 말했다.

"물론이오."

군웅의 술렁거림이 파도처럼 번져갔다.

웬 무뢰배가 나타나 어깃장을 놓는 바람에 비무가 지연되나 했더니 그게 아니었다. 이거야말로 제대로 된 구경거리가 아닌가.

강철투구인이 이기면 단 삼 초식 만에 도전자를 쓰러뜨리는 화끈함을 볼 수 있어 좋고, 그 반대의 결과가 나타나면 그건 또 그것대로 재밌어진다.

술렁거림은 어느새 열렬한 환호성으로 바뀌어갔다. 예정에 없던 한 사람의 등장으로 용봉지연의 엄격한 규칙이 흔들리고 있었다.

탕무정은 이대로 두고 볼 수 없다는 생각에 수하들을 다그쳤다.

"뭣들 하는 거야!"

검수들이 강철투구인을 압박해 들어갔다. 날카롭게 벼린 십수 개의 검이 금방이라도 강철투구인의 몸을 찌를 것 같았다.

강철투구인은 영리했다.

그는 여전히 검을 검갑에 꽂은 채 어떤 저항도 하지 않았다. 만인이 보는 앞에서 검을 뽑지 않은 사람을 함부로 찌를 수는 없는 일, 십수 명의 검수들은 한편으로는 검을 겨누고 또 한편으로는 강철투구인을 힘으로 끌어내려 했다.

하지만 어쩐 일인지 강철투구인은 꿈쩍도 하지 않았다. 마치 납덩이로 만들어진 것처럼 그 자리에서 움직일 줄을 몰랐다.

십수 명이 덤벼들고도 한 명을 옮기지 못하는 광경에 군웅 속에선 웃음보가 터졌다. 어떤 이들은 쉽게 끌어내릴 수 있는 방법을 두고 왜 미련하게 힘을 쓰냐며 조롱하기도 했다. 삼 초식만 견디면 스스로 물러가겠다고 한 강철투구인의 약속을 말하는 것이다.

"비키시오!"

갑작스러운 외침이 터졌다.

보다 못한 구담이 나섰다.

탕무정이 이러면 곤란하다는 식으로 구담을 바라보았다. 구담은 오히려 무뢰배 하나 끌어내리지 못하는 탕무정을 한심하다는 눈으로 바라보았다.

"내가 알아서 할 테니 수하들을 물리시오."

"하지만……!"

"이 지경까지 되었으니 더는 규정만 고집할 수가 없소. 그랬다간 중원무림은 두고두고 사람들의 웃음거리가 될 거요."

강철투구인은 새외에서 홀로 떠돌았다고 밝혔다. 그런 자가 용봉지연에 나타나 치기를 부린 것은 분명 잘못된 일이지만, 그 대응 방식에 융통성이 없다면 두고두고 회자가 될 것이다. 용봉지연이 나랏일꾼을 뽑는 과거 시험장이 아니라 무림인들의 비무이기에 그렇다.

탕무정은 선뜻 결정을 내리지 못하고 다시 석단룡을 바라보았다. 석단룡이 천천히 고개를 끄덕였다. 구담이 하겠다는 대로 놓아두라는 뜻이었다.

탕무정은 어쩔 수 없이 수하들에게 눈짓을 보냈다. 십수 명의 검수들이 물러나자 비무대에는 구담과 강철투구인만 남게 되었다.

구담은 천천히 중앙으로 걸어가 강철투구인과 대치했다. 강철투구인에게서 뿜어져 나오는 기세가 예사롭지 않음에도 불구하고 구담은 한 치의 동요도 없었다. 마치 당신이 누구든 내 상대가 되지 못한다는 듯한 표정이었다.

"녹류산장의 구담이라 하오."

"괜찮겠는가?"

목추경이 말했다.

그의 말 속엔 아직 경험이 미천한 네가 굳이 노련한 나를 상대로 무리하지 않아도 된다는 뜻이 담겨 있었다.

검도 명문 녹류산장의 후기지수라면 어지간한 문파의 문주도 함부로 상대하기가 껄끄러운 상대이거늘, 목추경의 한마디는 만인이 지켜보는 가운데서 구담을 조롱한 것이나 다름없었다. 평소라면 평정을 유지했을 구담이었지만 거듭되는 목추경의 도발에 인상을 찌푸리지 않을 수 없었다.

"배짱은 두둑하오만 상대를 잘못 골랐소."

말과 함께 구담의 신형이 질풍처럼 쇄도했다.

순식간에 상대의 전권을 파고든 구담은 맹렬한 기세로 검을 휘둘렀다. 일말의 기척도 없이 거리를 좁히고 곧장 공격으로 연결하는 이 수법의 이름은 곤수유투(困獸猶鬪), 녹류산장이 자랑하는 귀형음혼류(鬼形陰魂流)의 일절이었다.

검기를 방불케 하는 시퍼런 검세가 목추경의 목을 베어갔다. 예상치 못한 순간에 터진 벼락같은 일격에 목추경의 목이 떨어질 것을 의심한 사람은 아무도 없었다. 그건 앞뒤를 따지기 이전에 본능처럼 떠오른 생각이었다.

하지만 사람들의 생각은 보기 좋게 어긋났다.

검봉은 목추경의 목을 아슬아슬 스치고 지나갔고, 구담은 헛되이 허공을 베었다. 목추경은 검로를 정확히 한 뼘쯤 벗어난 지점에서 아무 일 없었다는 것처럼 서 있었다.

누구도 그가 보법을 움직이는 것을 보지 못했다. 심지어 허리를 트는 것도 보지 못했다. 사람들이 본 것이라곤 전권을 질풍처럼 파고든 구담이 검을 휘두르는 것과 그 검이 미치지 않는 것뿐.

뜻하지 않은 결과에 군웅은 크게 술렁거렸다.

누구보다 당황한 사람은 구담 자신이었다.

갑작스레 비무대로 올라와 어깃장을 놓더라니 역시 한 수가 있는 놈이었다. 구담은 눈썹을 사납게 꺾으며 두 번째 검초를 펼쳤다.

이번에도 상대의 전권을 파고든 그는 돌연 깊숙이 찔러가던 검신을 비틀었다. 목추경의 코앞에서 한 줄기 섬광이 번뜩이는 순간 검봉이 방향을 꺾어 하박을 노렸다.

하지만 이번에도 그뿐, 목추경은 아슬아슬하게 전권을 벗어나 정확히 한 걸음 밖에서 서 있었다. 헛되이 내지른 구담의 일검에 세찬 칼바람만 일었다. 그때까지도 목추경은 검을 뽑지 않은 상태였다. 더불어 스스로 약속한 삼 초식 중 아직 일 초식도 펼치지 않았다.

화가 머리끝까지 난 구담은 맹렬한 속도로 보법을 밟아가며 꺾일 듯 휘어지는 검초를 뿌렸다. 상우방풍(上雨旁風), 위로부터 비가 새고 옆으로부터는 바람이 들이친다는 뜻의 초식이었다. 태극(太極)의 검로를 따라 세찬 칼바람이 일어나 방원 일 장의 공간을 난도질해 갔다.

쉽사리 볼 수 없는 귀형음혼류의 절초가 연이어 터지자 군웅 속에서 탄성이 터져 나왔다.

목추경도 이번에는 경시할 수 없었던지 무려 세 걸음을 연속적으로 물러났다. 구담의 공격은 계속해서 이어졌고 이대로라면 목추경의 목도 금방 떨어질 것 같았다.

그 순간, 돌발 상황이 일어났다.

까까깡!

귀청을 찢는 금속성과 함께 시퍼런 불똥이 튀어 올랐다. 이어 두 사람 사이의 허공에 핏물이 튀어 올랐다. 구담이 갑자기 '악' 소리를 내지르고는 황급히 뒷걸음질을 쳤다. 물러나는 와중에도 전방을 향해 난상으로 검을 휘둘러 반격에 대비했다.

하지만 목추경은 그 자리에 가만히 있었다.

꼴사나운 모습을 보인 후 망연자실한 얼굴로 서 있는 구담의 옷에 핏방울이 어지럽게 튀어 있었다. 어디를 어떻게 다쳤는지 모르지만 아래로 늘어뜨린 검신을 통해 핏방울이 뚝뚝 떨어졌다. 아마도 팔이나 어깨 어림에 일격을 당한 것 같았다.

놀랄 노 자였다.

사람들이 본 것이라곤 목추경이 검을 뽑고, 그 검을 구담의 전권 속에 밀어 넣고, 검과 검이 부딪친 것뿐이었다. 그 찰나의 순간에 목추경은 엄밀하게 펼쳐지는 검로를 뚫고 깨뜨리며 구담에게 일격을 가한 모양이었다.

뜻하지 않은 결과에 군웅은 입을 다물어 버렸다.

구담은 황망한 표정이 되어 목추경을 바라보았다. 하지만 그것도 잠시, 그는 왼쪽 어깨를 중심으로 몇 군데 혈도를 짚고는 검을 왼손으로 옮겨 쥐었다.

"기다려 줘서 고맙소."

"천만에."

말이 떨어지기가 무섭게 구담의 반격이 다시 시작되었다. 앞의 실패를 염두에 두어서인지 그의 이번 공격은 신중하기 짝이 없었다. 신중할지언정 기세는 여전히 강맹했고, 검초를 뿌림에 있어서도 거침이 없었다.

현란한 보법을 기반으로 한 녹류산장 특유의 눈부신 검초가 목추경을 점점 압박해 갔다. 마지막 기회임을 자각한 듯 필생의 공력을 다해 펼치는 구담의 공격은 부상을 당했다는 것이 무색하게 신랄하기 짝이 없었다.

귀형음혼류는 녹류산장이 자랑하는 검공이다. 그 이름처럼 음험한 기도를 자랑하는 이 검공은 사실 피를 볼 때 위력이 배가된다. 위급한 상황에 부닥친 짐승의 반격이라는 뜻의 곤수유투라는 초식명도 그래서 생겨났다.

이른바 사생결단(死生決斷)의 각오로 건곤일척(乾坤一擲)의 승부를 보는 것이 바로 귀형음혼류의 요체다.

이런 사정을 익히 들어서 아는 군웅은 손에 땀을 쥐었다. 과연 승부는 어떻게 결론이 날 것인가.

승부는 순식간에 판가름 났다.

상대의 동작을 살피며 계속해서 물러나던 목추경이 돌연 상체를 비스듬히 흘리더니 구담의 좌측을 스쳤다. 쭉 뻗은 그의 좌장이 구담이 만들어낸 검권을 벼락처럼 밀어낸 것도 동시였다.

퍼엉!

젖은 이불을 터는 소리와 함께 구담이 크게 활개를 치며 물러났다. 양팔을 닥치는 대로 휘두르는 것은 넘어지지 않으려는 몸부림일 뿐, 목추경에게 그 어떤 위협도 되지 않았다. 더구나 목추경은 적의 곤란한 틈을 타 공격할 의사가 없는 듯했다.

가까스로 뒷걸음질치다 넘어지는 것을 모면하긴 했지만, 구담은 결국 저 스스로 한 손을 바닥에 짚었다. 기침을 하는 그의 입에서 선혈이 튀어나와 바닥을 물들였다.

내상을 입은 것이다.

순간 정적이 흘렀다.

어깨에 일검을 먹고 정체를 알 수 없는 장법에 내상을 입었다. 그것도 녹류산장의 절기를 건곤일척의 기세로 펼치던 와중에. 구담이 비록 이십 대 후반의 젊은 검수라고는 하나 녹류산장의 장자이자 그 이름도 찬란한 귀형음혼류의 당대 전수자가 아닌가.

이건 상상도 못할 결과였다.

사람들은 구담이 다시 일어나 싸워주길 바랐다.

귀빈석에 앉아 있는 뇌천자도 주먹을 말아 쥐는 것이 보였다. 하지만 모두의 염원과는 달리 구담은 간헐적으로 토혈을 할 뿐 끝내 홀로 일어서질 못했다.

지독하기로 유명한 구담이 몸을 추스르지 못할 정도라면 간단한 내상이 아니었다. 흡사 내가중수법(內家重手法)에 당한 듯한 증상이었다.

내가중수법에 당하면 겉은 멀쩡해 보이지만 내장은 진탕 당해 피가 거꾸로 솟고 온몸의 기가 역류한다.

부상을 치료할 수 있는 사람은 고도의 정순한 내공을 지닌 고수밖에 없었다. 그런 자를 만나지 못한다면 반 식경 안에 내장의 조직이 시꺼멓게 썩어 결국에는 죽음에 이를 수도 있다. 때문에 내가중수법이 맞다면 목추경은 조금 전 살수를 펼친 것이다.

장내가 싸늘하게 식었다.

첫 번째는 예상치 못한 구담의 패배 때문이었고, 두 번째는 목추경의 손속이 지나치게 지독한 탓이었다. 구담은 이번 대회의 우승 후보 중 하나로 거론되던 고수이자 검도 명문 녹류산장의 장자이다. 그런 거물이 갑작스럽게 나타난 괴인, 그것도 어깃장이나 다름없는 대결에서 중상을 입었으니 그 후폭풍이 어떨지는 짐작하고도 남음이 있었다.

군웅은 그 어떤 반응도 삼간 채 일제히 숨을 죽였다. 비무를 진행하는 탕무정은 착 가라앉은 표정으로 귀빈석을 바라보았다. 그곳엔 구담의 아비이자 녹류산장의 장주인 뇌천자 구적산이 앉아 있었다.

구패의 일인답게 그는 아들의 중상에도 불구하고 표정 하나 변하지 않았다. 다만 얼음장처럼 차가운 얼굴로 들것에 실려 나가는 구담을 응시하고 있을 뿐이었다.

탕무정은 석단룡에게로 시선을 옮겼다.

석단룡이 천천히 고개를 끄덕였다.

일단 비무를 진행하라는 뜻이었다.

탕무정은 이해할 수 없었다.

목추경은 순조롭게 흘러가던 용봉지연에 갑작스럽게 뛰어들어 난동을 부리는 불청객에 불과했다. 당연히 고수들을 투입시켜 강제로라도 끌어내려야 하지 않는가. 그 후 뇌옥에 가두고 이런 일을 벌인 이유와 배경에 대해 문초를 해야 하지 않는가 말이다.

군웅의 동조로 작금의 분위기가 그렇게 간단치 않다는 건 탕무정도 알고 있었다. 그래서 더욱 목추경을 끌어내야 한다. 구담에게 중상을 입힌 실력으로 보아 비무를 계속해서 진행한다면 어떤 사태가 벌어질지 누가 알겠는가.

하지만 결정은 그의 몫이 아니었다.

탕무정은 이를 악물고 붉은 깃발을 왼쪽으로 눕히며 외쳤다.

"목추경 승!"

"생각났다!"
검노가 갑작스레 외쳤다.
"저놈이 아직도 살아 있을 줄이야."
"아는 사람이오?"
살극달이 물었다.
"섬서에서 곤륜산으로 가다 보면 기마민족들이 아합랍
달…… 아할랄달…… 아랄할달……."
"아할랍달합택."
"그래, 아할랄달랄택이라 부르는 신령한 산이 하나 있지.
한때 그곳에 지금은 폐허가 된 대장원이 있는데, 바로 그 장
원에서 홀로 살던 놈이야. 내가 일만의 병력을 이끌고 중원으
로 향할 당시 마침 그곳을 지났는데 저놈 때문에 한동안 애를
좀 먹었지."
"어찌하여?"
"사흘 밤을 추격해 오며 솜씨 좋은 내 수하 스물일곱을 살
해했거든. 원수는 외나무다리에서 만난다더니 이렇게 다시
만날 줄이야."
"그가 괜히 그러진 않았을 텐데."
"내가 장원을 불태웠거든."

"……?"

"일만이나 되는 병력이 불을 쬐려면 그 방법밖에 없었다. 폭설 속을 사흘이나 행군했더니 다들 동상에 걸리기 직전이었거든. 활활 잘 타더라고."

"주인이 있는 줄 몰랐소?"

"몰랐지. 사람의 흔적이 있긴 했지만, 워낙 폐허가 된 터라 근동의 사냥꾼이 잠시 깃들었나 했지. 뭐, 주인이 있었다고 해도 어쩔 수 없었겠지만."

"뭔가 사연이 있었던 듯하오만."

"알고 보니 그 장원이 나부문(蘿府門)의 본거지였더구만, 오래전 백백궁의 혈사가 있고 마도십병이 천하로 흩어졌을 때 그중 하나가 나부문에 있다는 소문이 돈 모양이야. 나부문은 수라마군이 천하의 마두들을 상대로 비무행을 할 당시 거쳐 간 곳 중 하나였거든. 마도십병을 노린 무림인들이 개떼처럼 몰려든 건 당연했지. 그 세월이 쌓이면서 나부문의 고수들은 하나둘씩 죽어나가고 결국에는 저놈만 남은 모양이야."

"수라마군이 나부문을 거쳐 갔다고?"

"그의 아비가 그 유명한 나부검법의 당대 전수자인 유리검왕(有利劍王) 목일항이거든."

나부검법은 중원무림의 검법과는 궤를 달리하는 신비절륜한 검법이다. 살극달이 중원을 종횡하던 당시 수많은 고수가 나부검법의 파훼법을 찾고자 했지만 실패한 전력이 있다.

그 후 나부검법은 무쌍한 검공으로 평가받았지만 새외에 근거지를 두고 일절 강호사에 개입을 하지 않았기에 중원무림에는 그다지 알려지지 않았다.

"수라마군은 대마두들을 상대로 비무행을 했다고 하지 않았소?"

"굳이 마두를 고집할 이유가 있었겠어? 중원 놈들이 낙인을 찍기 위해 자기들 입맛대로 각색했겠지. 사실 아주 틀린 말도 아냐."

"아주 틀린 말도 아니라니?"

"나부문의 내공심법은 한 가지 사이한 특징이 있는데, 전체 아홉 단계 중 한 번씩 각성을 할 때마다 하룻밤 사이에도 십 년씩 늙는다는 거야. 그만큼 수명도 짧아지지. 굳이 말하자면 수명을 팔아서 익히는 무공이라고나 할까? 그래서 나부검법은 오성 이상을 익힌 사람이 거의 없지. 십성을 익히면 그야말로 무적이 되겠지만, 무적이 되자마자 죽을 일은 없잖아. 어쨌든 그런 요상한 특징 때문에 중원무림인의 눈에는 사악한 마공으로 보였겠지."

"그게 마공이오."

"누가 뭐래. 어쨌든 십여 년 전 놈을 처음 봤을 때만 해도 새파란 애송이였는데 그새 폭삭 늙어버린 걸 보면 족히 칠성의 성취를 이룬 모양이군. 칠성이면 어지간한 고수는 일초지적도 안 될 거야. 허세를 부린 이유가 있었어."

"그 말은……."

"저놈 서른 살이라는 말이 맞을 거야."

나부문의 내공심법에 그런 특징이 있는 줄은 몰랐다. 증명하지는 못했지만 목추경은 용봉지연의 참가 자격이 있는 셈이었다.

"어쨌거나 유리검왕도 수라마군과 일전을 겨룬 고인 중 하나라면 마도십병 중 하나는 나부문의 것이겠군."

"그렇겠지."

"혹, 그 마병이 조로를 늦추는 것과 관련이 있소?"

"그런 생각은 해본 적 없지만, 자네 말을 듣고 보니 그럴 수도 있겠다는 생각이 드는 걸. 사이한 무공과 마병, 확실히 뭔가 연관이 있을 것 같아."

살극달은 다시 비무대로 시선을 던졌다.

검노의 말처럼 나부문의 후예라면 구패의 후기지수들도 만만하게 볼 순 없을 것이다. 살극달이 궁금한 것은 지금 이 순간 왜 하필 목추경이 등장했는가이다. 이 모든 것이 수라마군의 의지라는 전제하에서 볼 때 납득이 되지 않는 점이 있었다.

그날 천년부호에서 살극달이 만났던 수라마군의 수하 중

에는 용봉지연의 참가 규정에 어긋나지 않은 서른 이하의 인물들도 있었다. 그중 하나가 출전할 수도 있었는데 굳이 나이를 증명할 수도 없는 목추경을 출전시킨 이유가 무엇일까?

혹 구패의 패주들을 도발하기 위해서일까?

그렇게 해서 얻는 게 무엇일까?

한데 목추경을 알아본 사람이 검노만은 아니었다.

"저건 나부문의 장법이다!"

군중 속에서 눈 밝은 누군가 외쳤다.

군중의 시선이 일시에 소리가 난 곳으로 쏠렸다. 말을 한 사람은 뜻밖에도 후줄근한 노걸개였다. 마대자루 네 개를 어깨에 걸친 것으로 보아 개방에서도 상당한 지위를 지닌 고수임이 분명했다.

第二章
제운학의 도전

개방의 제자가 알아보았으니 더 말해 무엇할까.

나부문이라는 이름을 시작으로 그 문파의 유래와 각성의 단계를 거치면서 빨리 늙는, 이른바 조로(早老) 현상을 지닌 나부문 특유의 내공심법에 관한 이야기가 군중 사이에서 끝없이 퍼졌다.

더불어 검공의 성취도를 볼 때 그의 나이가 서른이 맞을 거라는 말이 흘러나왔다. 규정을 어기고 용봉지연에 참가한 무뢰배인 줄 알았더니 전혀 아니었다. 그의 나이가 서른이 맞다면 목추경은 정당한 대결에서 구담을 꺾었고 계속해서 도전을 받을 자격이 생기게 된다.

이야기가 반전에 반전을 거듭하면서 흘러가자 군중은 더욱 신이 났다. 살극달은 그제야 수라마군의 의도를 알아차렸다. 개방도의 개입이 돌발적이었는지는 알 수 없으나 이렇게 되면 앞으로는 서른 이상의 고수, 즉 후기지수가 아닌 자는 어떤 경우에도 비무대에 오를 수가 없다.

목추경이 염치없다고 몰아붙인 사람들이 스스로 그것을 어길 수는 없는 노릇이 아닌가.

수라마군은 목추경을 출전시켜 일부러 시비를 일으킨 다음 그 점을 명확히 짚어둔 것이다. 비무대에서 무슨 사달이 벌어져도 국외자는 뛰어오를 수 없도록.

'일이 재밌어지는군.'

목추경이 구담을 꺾은 후 비무대에는 좀처럼 도전하겠다며 올라오는 사람이 없었다. 검각의 무서운 신예 이도굉을 가볍게 꺾은 구담이 아니었던가. 그런 고수를 단 삼 초식 만에 쓰러뜨렸으니 목추경의 무위가 어느 정도일지는 짐작을 하고도 남음이 있었다.

결정적으로 목추경은 손속이 지나치게 잔인했다. 내상을 입어 들것에 실려 나가는 구담의 모습은 후기지수들에게 두려움을 심어주기에 충분했다.

하지만 그건 어디까지나 쭉정이들의 얘기, 상대가 위험하면 위험할수록 피가 끓는 부류가 연무장에는 얼마든지 있었다.

한 사람이 비무대로 뛰어올랐다.

"제왕곡(帝王谷)의 곡운성이라 하오."

호리호리한 몸매에 걍팍한 인상을 지닌 자가 말했다. 나이는 얼추 서른에 육박했는데 전신에서 뿜어지는 기운이 예사롭지 않았다.

제왕곡은 구패의 한 곳으로 섬서성에 기반을 둔 거대 문파다. 섬서의 험준한 산악지대에 뿌리를 내린 탓에 오랜 세월 신비에 싸여 있다가 백백궁의 혈사 이후 중앙무대에 진출한 상황이었다.

그들이 익힌 무공류에 대해서는 여전히 알려진 바가 적었다. 다만 변화무쌍한 권장지각은 무당의 태극권(太極拳)에 견줄 만하며 눈을 희롱하는 환검(幻劍)은 점창의 분광검(分光劍)을 능가한다는 것이 세간의 평가였다.

"검소룡(劍沼龍)이… 왔었어?"

장자이가 뜨악한 표정으로 말했다.

"아는 사람이야?"

살극달이 물었다.

"제왕곡주 북두검제(北斗劍帝) 이엽의 장제자로 제왕곡의 숨은 고수죠. 아홉 살에 북두검제의 눈에 들어 입산을 했는데 사시사철 골짜기에 틀어박혀 수련만 일삼는 무광(武狂)이라고 하더군요."

"검소룡은 별호인가?"

"그가 수련하는 골짜기에 검소라 불리는 늪이 있다더군요. 그가 검소에서 검세를 펼치면 흡사 한 마리의 용이 노니는 것 같다 하여 붙은 별호예요."

"한 번도 본 적이 없는 것 같은데, 어떻게 그가 검소룡이라는 걸 알았지?"

"밑천을 가르쳐 달라고요?"

장자이가 눈을 동그랗게 뜨며 귀여운 표정을 지었다. 진지한 얘기를 저도 모르게 개인적인 이야기로 바꾸고 있었다. 살극달이 대꾸를 하지 않자 장자이는 입맛을 다시며 말을 이어 갔다.

"아무튼 같은 후기지수지만 그는 다른 사람들과는 격이 달라요. 오공녀도 잘 아실 걸요."

말끝에 장자이가 조빙빙에게로 시선을 주었다.

조빙빙은 살극달을 향해 말없이 고개를 끄덕여 보였다. 장자이의 말에 동의한다는 뜻이었다.

살극달이 다시 물었다.

"제운학과 비교한다면?"

"당연히 제운학이죠. 곡운성이 다른 후기지수들과 격이 다르다고는 하지만 그건 어디까지나 말 그대로 다른 후기지수들이에요. 제운학은 당연하게도 그 '다른'에 포함되지 않고요. 그리고 개인적으로도 제운학이 이겼으면 싶네요."

"그건 왜?"

매상옥이 떨떠름한 얼굴로 물었다.

장자이는 조빙빙을 슬쩍 곁눈질하며 말했다.

"오공녀와 가까운 사이잖아."

검소룡 곡운성과 목추경의 대결이 시작되었다.

곡운성은 처음부터 살수를 펼쳤다. 다른 후기지수들과는 격이 다르다는 장자이의 말처럼 상대의 검권을 뚫어가는 검초는 구담의 그것에 비할 바가 아니었다.

구담이 어깨에 부상을 입은 상태였었다는 것을 감안해도 곡운성은 훨씬 윗줄이었다. 도저히 후기지수의 솜씨라고 볼 수 없었다.

그건 목추경 역시 마찬가지였다.

그는 앞서 구담을 상대할 때와는 달리 처음부터 검을 뽑았다. 검과 검이 격돌하고 귀청을 찢는 금속성이 울렸다.

벼락처럼 이어진 두 번의 격돌 후 곡운성의 상체가 물 위를 나는 제비처럼 낮게 깔렸다. 그와 동시에 신형이 흐릿해졌다. 보이는 것이라곤 목추경의 허리를 양단해 가는 은빛 섬광뿐.

그때 목추경의 신형이 허공으로 번쩍 솟구쳤다. 전방을 향해 쭉 뻗는 그의 검이 시퍼런 예광을 뽑아냈다.

목추경이 예고한 대로 세 번째 초식이었다.

이 초식에서 곡운성을 쓰러뜨리지 못하면 그는 스스로 한쪽 팔을 잘라내야 한다. 상대를 쓰러뜨리든지 자신의 한쪽 팔을 내놓아야 하는 절체절명의 상황. 때문에 그가 펼친 이 한수는 필생의 공력을 담은 것이었다.

곡운성은 황급히 신형을 틀며 좌방으로 빠져나갔다. 그 순간 목추경의 검신이 기묘하게 뒤틀렸다. 살아 있는 뱀처럼 방향을 바꾼 검신은 곡운성의 등을 정확히 꿰뚫었다.

퍽!

차가운 쇠가 살을 관통하는 소리가 섬뜩하게 울렸다. 벼락을 맞은 듯 비정상적으로 뒤틀리던 곡운성의 신형이 그대로 멈추었다.

등을 뚫고 들어간 목추경의 검은 곡운성의 몸통을 사선으로 관통한 다음 옆구리에서 검봉을 드러냈다.

그 상태 그대로 두 사람은 교전을 멈추었다.

그럴 수밖에 없었다.

곡운성의 입장에선 반격을 가한답시고 조금이라도 움직였

다간 내장이 잘려 나갈 판이고, 목추경의 입장에선 상대를 완벽히 제압한 상태에서 굳이 서두를 필요가 없었다.

찰나의 순간에 벌어진 일에 군중은 일제히 숨을 죽였다.

"대체 어떻게……!"

곡운성이 말을 끝내기도 전에 목추경이 천천히 검을 뽑았다. 몸 안에서 쇠가 빠져나가는 고통에 곡운성의 얼굴이 사납게 일그러졌다.

이윽고 검을 모두 뽑자 구멍 난 곡운성의 등과 옆구리에선 붉은 피가 쉴 새 없이 흘러나왔다.

몇 사람이 올라와 당황한 채로 서 있는 곡운성을 부축해 끌고 갔다.

제왕곡의 숨은 고수이자 무광이라던 곡운성과 목추경의 싸움은 이처럼 싱겁게 끝나 버렸다. 이유는 명약관화하다. 목추경의 무공이 상상 이상으로 강한 것이다.

"뭐야, 무광이라더니 별거 없잖아."

매상옥이 말했다.

"나부문의 무공이 저렇게 강했나?"

장자이가 말했다.

"아무렴 내가 하찮은 놈 때문에 골치를 썩었을까."

검노가 말했다.

당황한 탕무정은 깃발을 눕힐 생각도 하지 못했다. 예상에도 없는 인물이 갑자기 튀어나와 구담과 곡운성을 연달아 쓰러뜨렸다.

놀랍지 않으면 사람이 아니었다.

곡운성이 사라진 후에도 여러 명의 후기지수가 비무대 위로 뛰어 올라와 도전을 했다. 그들 중에는 제 실력은 생각지 않고 끓어오르는 호승심을 이기지 못해 뛰어오른 자들도 있었다.

하지만 대부분은 내로라하는 명문의 후예들이었다. 그들은 각자의 진신절기를 아낌없이 펼쳤고, 군중으로부터 아낌없는 박수갈채를 받기도 했다.

그러나 그뿐이었다.

그들은 모두 처참하게 패했고, 누군가의 부축을 받거나 들것에 실려야만 비무대에서 내려갈 수 있었다.

목추경은 언제나 약속한 삼 초식을 넘기지 않았다. 그리고 잔인했다. 마치 무인으로의 삶을 더 이어나갈 수 있을지 걱정이 될 정도로 상대에게 심각한 타격을 입혔다. 그렇게 일곱 명을 연달아 쓰러뜨리자 더는 도전자가 없게 되었다.

군중은 공황상태에 빠졌다.

새외에서 왔다는, 지금은 그 이름을 아는 이조차 드문 나부문의 생존자가 중원무림의 내로라하는 후기지수들을 이처럼 무참히 발라 버릴 줄은 생각지도 못했다.

누구보다 당황한 것은 귀빈석에 앉아 있는 강호의 명숙들, 그중에서도 구패의 패주들이었다. 그들은 하나같이 손을 부들부들 떨고 있었다.

비무대에는 이제 목추경만 홀로 남게 되었다.

탕무정은 목추경의 승리를 선언하지 않고 어쩐 일인지 귀빈석을 바라보았다. 석단룡을 향해 무언가를 묻는 듯한 표정이었다.

지금의 상황에서 그가 물을 일이 무엇이 있을까? 승부가 났으니 붉은 기를 뽑아 목추경을 향해 뉘이면 그뿐이지 않는가.

살극달은 탕무정과 석단룡의 얼굴을 세심하게 살폈다. 석단룡이 미세하게 고개를 가로젓는 것이 보였다. 무언지 모르지만 탕무정은 석단룡에게 허락을 구했고, 석단룡은 그걸 허락하지 않았다.

탕무정이 입술을 바르르 떨더니 붉은 기 하나를 뽑아 목추경을 향해 뉘이며 소리쳤다.

"목추경 승!"

살극달은 그제야 돌아가는 상황을 파악했다.

길게 뻗은 비무대의 가장자리엔 도전자들이 오를 수 있도록 계단이 설치되어 있고, 그 계단의 출구 양쪽에 붉은 기가 하나씩 꽂혀 있었다. 탕무정은 비무가 벌어지면 바로 그 계단을 통해 내려갔다가 비무가 끝나면 올라와서 두 개의 기 중 하나를 뽑아 승패를 선언했다.

그가 지금까지 뽑은 것은 오른쪽의 기였다.

살극달은 왼쪽의 기가 기관을 발동시키는 장치라는 걸 알아차렸다. 탕무정은 조금 전 석단룡에게 기관을 발동시킬지를 물었던 것이다.

한데 석단룡은 허락하지 않았다.

석단룡은 목추경이 수라마군의 사람임을 알고 있었다. 하지만 수라마군을 잡기 위해 용봉지연까지 열면서 판 함정을 수하를 잡는 데 쓸 수는 없는 노릇이었다.

그렇다고 계속 비무를 진행할 수도 없었다.

살극달이 꿰뚫어 본 상황은 이렇다.

비무대 위에 수라마군이 나타나면 그에게 도전한 누군가는 반드시 패할 것이다. 그때 도전한 사람은 제물이다. 누가 될지는 모르지만 구패의 패주들은 그 정도의 희생을 감수했다.

그 제물이 중상을 입으면 사람들에 의해 치워진다. 그때 비무대에는 수라마군만이 홀로 남게 된다. 탕무정은 그때를 기다려 수라마군의 승리를 선언하는 척하면서 왼쪽 기를 뽑는다. 그 순간 기관이 발동해 수라마군을 사로잡는다.

한데 작금의 상황은 전혀 그들이 의도한 대로 흘러가지 않았다. 수라마군은 그림자조차 보이지 않았고, 그의 수하로 보이는 묵추경이 등장해 후기지수들을 쓰러뜨리고 있다. 이대로 가다가는 후기지수들의 씨가 마를 지경이었다.

그렇다고 만인이 보는 앞에서 구패의 패주들이 용봉지연의 규칙을 무시하고 비무대로 뛰어오를 수도 없었다. 그랬다간 두고두고 강호인들의 조롱거리가 될 게 뻔했다. 예상치 못한 전개에 구패의 패주들은 당황한 기색이 역력했다.

"겨우 이 정도인가. 중원무림엔 진정 나의 삼 초를 받아낼 자가 없단 말인가!"

묵추경이 좌중을 굽어보며 말했다.

치욕적인 말을 듣고도 내로라하는 고수들이 연달아 들것에 실려 나가는 걸 본 후기지수들은 섣불리 도전하지 않았다.

군중은 약이 바짝 올랐다.

그들 역시 대부분 중원 사람이었고, 묵추경의 한마디는 그들의 자존심에도 크게 상처를 주었다.

그때 피가 흥건한 비무대 위로 한 사람이 걸어 올라왔다. 제운학이었다. 제운학의 등장으로 군중의 흥분은 가히 폭발적으로 변했다.

"죽여 버려라!"

"성한 몸으로 내려가게 해선 안 돼!"

"중원무림에도 사람이 있다는 걸 보여줘라!"

군중의 바람은 일방적이었지만 불가능한 것은 아니었다. 오히려 지극히 실현 가능성이 컸다. 앞서 공언한 대로 목추경은 단 삼 초식만을 쓰겠다고 했으니 제운학은 삼 초만 받아내면 된다.

구담과 곡운성이 그야말로 어이없이 당했다고는 하지만 제운학까지 그렇게 당할 거라고 보는 사람은 없었다.

제운학은 간단한 인사와 함께 기수식을 취했다.

목추경의 눈동자가 전에 없이 빛났다. 제운학의 전신에서 풍기는 기도가 예사롭지 않음을 그 역시 간파한 모양이었다.

제운학은 영악했다.

앞서 구담과 곡운성이 당하는 걸 지켜본 제운학은 섣부른 공격을 감행하는 대신 냉엄한 눈길로 목추경과 대치했다. 그 모습이 마치 사냥감을 노려보는 맹수와도 같았다.

두 개의 시선이 허공에서 얽히며 불똥이 튀었다.

제운학의 왼쪽 발이 살짝 들렸다 싶은 순간, 목추경의 신형이 질풍처럼 쇄도했다. 순식간에 거리를 좁힌 그가 장검을 크게 휘둘렀다.

그 찰나의 순간 목추경의 가슴에 빈틈이 생겼다가 사라지는 것을 살극달은 똑똑히 보았다. 워낙 찰나지간에 벌어진 일이라 아무도 보지 못했지만 그건 분명 빈틈이었다.

제운학에게는 절호와도 같은 기회였다.

제운학은 그 기회를 헛되이 흘려보냈다. 빈틈을 파고들며 반격을 가하는 대신 검을 사선으로 휘둘러 목추경의 검신을 바깥으로 흘려보냈다.

살극달은 제운학의 판단이 옳았다는 걸 알고 있었다. 그것을 증명하기라도 하듯 바깥으로 튕겨 나가던 목추경의 검이 방향을 바꾸어 본래의 검로를 찾았다.

바깥으로 휘어지던 검이 저 정도의 속도로 방향을 바꾼다면 상대가 어떤 방향에서 기습해 온다고 해도 방어가 가능할 것이다.

결국 목추경은 함정을 파고 제운학을 유도한 셈이었는데, 천만다행으로 제운학은 걸려들지 않았다. 하지만 안도의 한숨을 내쉴 겨를도 없이 제운학은 자신의 목줄기를 사납게 찔러오는 검봉을 상대해야 했다.

실로 전광석화와 같은 변화였다.

이 역시 가공할 정도로 빨라 장내에 모인 군중 중 정확한 검로를 본 사람은 없었다. 그들이 본 것이라곤 벼락처럼 옮겨 다니는 보법, 그리고 번쩍이는 섬광이었다.

한데 바로 이 두 번째 초식이 진짜배기였다.

검로가 이처럼 빠르게 바뀌어 자신의 명줄을 노릴 줄 몰랐던 제운학은 철판교의 수법을 발휘, 황급히 상체를 꺾으며 검을 뻗었다. 순간, 오 척의 장검이 쭉 늘어났다.

찌이익!

검기(劍氣)다.

적의 공격을 피하는 동시에 반격을 가하는 이 수법의 이름은 장로단월(長蘆斷月). 길게 자란 갈대가 달을 가르는 것처럼 쭉 뻗어 나온 검기가 목추경의 턱을 가른 후 위로 솟구쳤다. 검봉이 지나간 궤적을 따라 붉은 핏물이 호선을 그렸다.

철판교의 수법을 그대로 이어 두어 차례 공중제비를 돌며 물러난 제운학은 재빨리 검을 고쳐 잡았다.

목추경은 좀 전의 위치에서 못 박은 듯 움직일 줄 몰랐다. 제운학의 동작이 훨씬 크고, 또 보기에 따라 그가 물러난 것 같았지만 상황은 전혀 그렇지 않았다.

제운학은 멀쩡한 반면, 목추경의 발아래는 턱에서부터 뚝뚝 떨어진 핏물로 어느새 붉게 물들어 있었기 때문이다.

"제운학이 한칼을 먹였다!"

"와아!"

군중이 환호성을 질렀다.

구담과 곡운성이 연이어 처참한 패배를 맞이한 끝에 제운학이 마침내 상대로 하여금 피를 보게 만들었다. 비록 승패를 가를 정도의 중상은 아니었으나 이만하면 중원무림이 결코 만만치 않다는 걸 입증한 셈이니 흥분하지 않을 수 없었다.

"제법인걸."

검노가 말했다.

"어떻게 된 거죠? 분명 강철투구인의 장검이 제운학의 목을 노린 게 먼저였는데 어떻게 해서 반대의 결과가 나온 거죠?"

장자이가 살극달에게 물었다.

연무장에 모인 군중처럼 장자이 역시 정확한 장면을 보지 못했다. 살극달은 구구절절한 설명 대신 이런 상황을 초래한 보다 근본적인 이유에 대해 말했다.

"고절한 검공에 실전의 경험이 덧붙은 결과라고나 할까? 본시 구담이나 곡운성의 무공은 목추경에게 뒤지지 않아. 다만 차이가 있다면 실전의 경험이 모자란다는 것이지. 목추경은 백전을 치른 실전의 고수야. 옷을 벗겨보면 몸 안에 크고 작은 검상이 가득할걸. 하지만 제운학은 구담이나 곡운성과 달리 실전을 제법 치른 듯해."

"구패의 후기지수라면 사마외도인들과 부딪치면서 누구나 경험하는 것이 실전인데……."

장자이는 이해할 수 없다는 표정이었다.

검노가 그녀의 말을 받았다.

"그런 정도를 말하는 게 아니야. 적어도 사선(死線)을 열 번은 넘어봐야 비로소 눈을 뜨는 게 실전감각이야. 길 가다가 흑도 나부랭이 몇 놈 쓰러뜨린 걸 가지고 어디 이름을 내밀어."

"이상하다. 제운학이 그 정도로 치열하게 실전경험을 쌓았다는 얘기는 못 들었는데, 사실 그럴 일도 없고."

말과 함께 장자이가 슬그머니 조빙빙을 바라보았다. 당신은 뭔가 좀 아는 게 있느냐는 표정이었지만 어쩐 일인지 조빙빙은 묵묵부답이었다. 장자이는 다시 살극달을 돌아보며 말했다.

"어쨌거나 그렇다면 제운학이 목추경을 꺾을 수도 있겠군요?"

"제운학이 제아무리 실전의 경험을 치렀다고는 하나 목추경만큼은 아닐 거야. 하지만 무공은 한 수 위라고 볼 수 있지. 검기를 뽑아낸다는 건 이미 절정의 경지에 들었다는 말이니까. 결국 각자가 지닌 이점을 누가 더 잘 살리느냐에 따라 승패가 결정 나겠지."

그때쯤 목추경과 제운학의 세 번째 격돌이 시작되었다. 치명적이지는 않지만 일격을 먼저 먹인 탓에 조금 여유로울 만도 하건만, 제운학은 일절 서두르는 법이 없었다.

그는 대적을 만난 것처럼 신중하게 보폭을 옮겼다. 어깨높이로 들어 올린 검은 언제라도 기습을 할 수 있도록 상대의 심장을 향하고 있었다.

반면, 목추경은 검을 아래로 늘어뜨린 상태였다. 검신에는 앞서 구담과 곡운성의 것으로 보이는 피가 얼룩져 있었다.

군중이 숨을 죽인 가운데 살벌한 대치가 이어지길 잠시, 어느 순간 목추경이 벼락처럼 공격을 감행했다. 삼 초를 공언한 그에게는 마지막 공격이었다.

"피해!"

검노가 저도 모르게 외쳤다.

비무대 위의 제운학은 물론 연무장에 모인 군중 모두가 들을 만큼 큰 소리였지만, 그 말에 신경을 쓰는 사람은 없었다. 비무대 위의 상황이 너무나 급박하게 돌아갔기 때문이었다.

검노의 말처럼 제운학의 입장에선 피하면 그만이다. 그렇게 되면 목추경은 약속한 삼 초를 모두 허비하게 되고, 저 스스로 한쪽 팔을 잘라야 한다.

한데 제운학은 그러질 않았다.

그는 마치 기다렸다는 듯이 목추경을 향해 신형을 날렸다. 아마도 앞서 타격을 입힌 것으로 자신감을 얻은 모양, 두 개의 그림자가 비무대의 정중앙에서 강렬한 속도로 격돌했다. 그 모습이 흡사 두 개의 섬광이 충돌하는 것 같았다.

살극달과 검노는 본능적으로 안력을 돋웠다.

찰나의 순간, 두 사람은 목추경의 장검이 제운학의 검신을 타고 흐르는 것을 똑똑히 보았다. 두 개의 검이 격돌하지 않고 각자의 방향으로 뻗으면 동사(同死)다.

일 수에 제운학을 죽일 수 없다고 판단한 목추경이 동귀어진의 각오로 살수를 펼친 것이다.

결국 배짱과 배짱의 싸움이었다.

이렇게 되면 두려움이 많은 쪽이 검을 회수할 수밖에 없다. 일반적으로 잃을 것이 없는 자는 두려움이 없다. 반면에 잃을 것이 많은 자는 주저하게 된다.

하지만 과연 그럴까?

목추경처럼 노련한 자가, 단지 세 번의 격전을 치르고 죽기 위해 비무대에 올랐을까?

'속임수!'

살극달이 속으로 뇌까렸다.

제검성의 장자인 제운학은 잃을 것이 많았다. 야망이 큰 그는 목추경과 자신의 목숨을 맞바꾸고 싶지 않을 것이다.

제운학이 벼락처럼 신형을 틀었다.

그는 검을 회수하는 대신 앞서 목추경의 턱에 칼집을 낸 것처럼 상대의 검을 피하면서 동시에 일격을 찔러 넣었다. 하지만 초식은 아무래도 흔들릴 수밖에 없었고, 목숨을 걸고 내지른 목추경의 일검을 상대하기에는 부족했다.

펵!

짧은 살음과 함께 서로를 스친 두 사람은 삼 장이나 달려나간 끝에 자리를 바꿔 멈춰 섰다. 잠시 침묵이 흐른 후 제운학이 돌연 한쪽 무릎을 꿇으며 검을 바닥에 꽂았다.

왼손으로 부여잡는 그의 옆구리에서는 붉은 피가 먹물처럼 번지고 있었다. 찰나의 순간 목추경의 검봉이 제운학의 옆구리를 베고 지나간 것이다.

서로가 서로에게 일검을 먹였으니 무승부라고 할 수도 있었지만, 상황은 전혀 그렇지 않았다. 턱이 조금 갈라졌을 뿐 여전히 건재한 목추경과 달리 옆구리가 터진 제운학은 검에 의지하지 않고서는 혼자 서 있을 수도 없을 만큼 심각했다.

좌중이 찬물을 끼얹은 듯 고요해졌다.

"운이 좋군."

목추경이 검을 뿌려 피를 털어내며 말했다.

약속대로 그는 삼 초식을 모두 사용했고, 비무대를 내려갈 수 있도록 더는 공격을 하지 않겠다는 뜻이었다. 앞서 쓰러진 일곱이 반쯤 죽어나갔던 것에 비하면 제운학은 비교적 성한 편이라고 할 수 있었다.

그나마 그의 무공이 워낙 출중한 덕이었다.

그래도 패배는 패배였다.

장내는 초상집이 따로 없었다.

누구보다 당황한 사람들은 귀빈석의 노강호들이었다. 살극달의 예상대로라면 그들은 후기지수들을 미끼로 수라마군을 비무대에 올릴 작정이었다. 한데 예상치도 못한 인물의 등장으로 그 후기지수들 중 일곱이 중상을 입었다.

그리고 마지막에는 최후의 보루나 다름없는 제운학까지 당했다. 생각 같아선 당장에라도 뛰어들어 목추경을 단칼에 쓰러뜨리고 싶었지만, 그럴 만한 실력을 지닌 사람들이 구름처럼 많았지만 그럴 수가 없었다.

그들 스스로 목추경에게 따진바, 비무대에는 오직 서른 이하의 후기지수들만 오를 수 있기 때문이었다.

'수라마군을 불러낼 수 없게 생겼군.'

살극달은 홀로 생각했다.

제운학이 패했으니 수라마군을 비무대에 세우는 것은 물 건너갔다. 지금쯤 구패의 속이 새까맣게 타들어 가리라.

그 순간, 제운학이 옷자락을 부욱 찢더니 옆구리에 친친 감기 시작했다. 이어 상처가 벌어지지 않도록 단단히 묶은 다음 혈도 몇 군데를 짚더니 다시 검을 잡고 일어섰다.

"용봉지연의 규칙을 모르는군. 용봉지연에선 스스로 패배했다고 자인하지 않는 한 승부가 끝난 게 아니다."

"와아!"

군중이 다시 환호성을 터뜨렸다.

제운학이 패배를 자인하지 않았으니 삼 초를 모두 소모한 목추경은 스스로 한쪽 팔을 자르고 내려가야 마땅하다.

하지만 환호성을 지른 사람은 극히 일부일 뿐, 대다수 군중은 침묵했다. 제운학이 패배를 인정하지 않고 다시 임전의 태세를 갖추는 용기는 가상하나 지금의 싸움은 누가 봐도 제운학의 패배였다.

목추경이 삼 초식 운운했지만 그건 그가 혼자 천명한 약속일 뿐, 오히려 그 한마디를 잡고 늘어진다는 것 자체가 부끄러운 짓이었다.

제운학이 만약 패배를 시인하지 않았다는 것을 근거로 목추경에게 한쪽 팔을 자르라 하면 그것보다 부끄러운 일이 없다. 무림인들에겐 약속이나 규칙보다 명예가 더 중요했다.

"부끄러움을 모르는군."

목추경이 말했다.

분명한 패배에도 불구하고 삼 초식 이상은 쓰지 않겠다는 자신의 약속을 빌미로 재도전을 하는 것에 대한 조롱이었다.

"난 그렇게 뻔뻔하진 않아. 이렇게 하지. 난 재도전을 하고 넌 지금부터 삼 초의 제약에서 벗어나고. 그만하면 공정하지 않나?"

목추경의 눈동자가 살짝 빛났다.

"지금의 이 자리에 오기까지 넌 수많은 고수를 쓰러뜨렸겠지? 그중엔 너보다 뛰어난 자들도 여럿이었을 테고, 지금의 나처럼 죽을 고비를 맞은 적도 있겠지?"

"······?"

"하지만 넌 살았다. 너에게 찾아왔을 그 기회가 내게는 오지 말란 법이 없지."

"운에 맡기겠다는 건가?"

"운? 그렇군. 너에게 찾아왔던 그 운이 내게도 온다면 좀 더 쉽게 이길 수는 있겠지. 하지만 운이 아니어도 난 널 충분히 이길 수 있다."

"무슨··· 뜻이지?"

"너의 검공이 나에게 미치지 못한다는 걸 알고 있다. 그럼에도 불구하고 이런 일이 벌어진 개 같은 상황이 마음에 들지 않지만, 어쨌거나 난 그때의 너보다 훨씬 유리하지."

"널 죽일 수도 있다."

"내 말이 바로 그거야. 말장난 따윈 집어치우고 진짜 싸움을 해보자고."

"목숨을 걸겠다는 뜻인가?"

"두려운가?"

목추경의 눈동자가 더욱 사납게 빛났다.

잠시 제운학을 응시하던 목추경이 한 발을 뒤로 물리며 기수식을 취했다.

제운학은 발끝으로 땅을 박차며 신형을 쏘았다. 몸과 일직
선이 되어 쭉 뻗는 검끝에 시퍼런 기운이 맺혔다.

검기다.

시간을 끌면 유리할 게 없다고 판단했는지 그의 공격은 빠
르고 과감했다. 제검성의 숱한 절초들이 쉴 새 없이 목추경을
위협했다.

제운학이 뜨거웠다면 목추경은 차가웠다.

그는 냉정한 시선으로 제운학의 검초를 하나하나 받아내
는 한편 기습적인 반격의 기회를 노렸다. 하지만 어쩐 일인지
목추경은 반격의 기회를 찾지 못했다.

제운학의 검초가 갑자기 사나워졌다거나 빨라졌다거나 하
는 문제가 아니었다. 제운학의 검초는 처음부터 목추경보다
빨랐다. 빠르기로 치자면 목추경은 제운학의 상대가 되질 않
았다.

그럼에도 불구하고 제운학의 옆구리를 지질 수 있었던 것
은 상대의 움직임을 예측했기 때문이었다. 그건 오랜 실전 경
험에서 오는 본능적인 판단이라고밖에는 할 수 없었다.

한데, 그게 어느 순간 먹혀들지 않았다.

보법 때문이다.

본시 하나의 검초에는 하나의 보법이 쌍을 이룬다. 가장 위

력적이고 정확하게 상대의 급소를 찌를 수 있도록 보법이 기틀을 마련해 주는 것이다.

제운학은 상리를 벗어난 보법을 밟고 있었다.

좌측으로 움직이는가 하면 우측으로 검을 찔러오고, 좌측으로 검을 찔러오는가 하면 어느새 우측으로 보법을 밟고 있다.

무림인의 보법을 어디 양비론으로만 말할 수 있나. 사방팔방을 무시로 종횡하는 보법과 연계된 검초를 목추경은 도무지 예측할 수가 없었다.

마치 상체와 하체가 따로 노는 것 같은데, 그 와중에도 검초의 사나움은 전혀 훼손되지 않았다. 짧은 거리와 어긋한 정교함을 검기가 대신하고 있었기 때문이다.

까가강!

시퍼런 불똥을 튀기며 두 개의 검이 허공에서 난상으로 얽히다가 떨어지기를 반복했다. 손에 땀을 쥐게 하는 싸움은 오래가지 않았다. 목추경이 돌연 질풍처럼 쇄도해 오는 제운학의 검권 속으로 검을 던져 버렸다.

제운학이 황급히 검을 바깥으로 쳐냈다.

까라랑!

맹렬한 금속성과 함께 회전력이 실린 장검은 제운학의 검신을 두 바퀴나 감고 돈 후에야 떨어져 나갔다.

그 찰나의 순간, 제운학의 가슴이 열렸다.

목추경은 그 기회를 놓치지 않았다. 벼락처럼 솟구친 그는 제운학의 가슴에 강력한 일장을 꽂아 넣었다.

펑! 소리와 함께 충격을 이기지 못한 제운학이 비칠거리며 물러났다. 그때쯤 허공으로 튕겨 올라갔던 목추경의 장검이 다시 떨어져 내렸다. 떨어지는 검을 순식간에 낚아챈 목추경은 쓰러질 듯 비틀거리는 제운학을 향해 달려갔다.

약속한 대로 끝장을 내버릴 심산이었다. 대경실색한 제운학이 사력을 다해 검을 휘둘렀다.

까강깡깡!

금속성이 요란하게 울리는 가운데 삼 초의 제약에서 벗어난 목추경의 압박은 점점 맹렬해졌다. 바람 앞의 등불처럼 다급해진 제운학은 검을 어지러이 휘두르며 물러나기 바빴다.

조빙빙이 비무대를 향해 달려가려 했다.

살극달이 한 손으로 그녀의 어깨를 붙잡았다.

엄청난 완력을 이기지 못한 조빙빙이 고통스러운 표정으로 살극달을 돌아보았다.

"이대로 두면 그는 죽을 거예요."

"비무대에는 오직 도전자만 오를 수 있소."

"그는 제 목숨을 구해준 은인이에요."

조빙빙의 눈동자에는 금방이라도 눈물이 그렁그렁 맺힐 것 같았다. 조빙빙을 한동안 응시하던 살극달은 품속에서 쇠고리를 꺼내 검노에게 주었다. 검노의 손목에 묶인 쇠사슬과 지금 이 순간에도 매상옥이 짊어지고 있는 철구를 연결할 수 있는 유일한 물건이었다.

"뭐하자는 수작이냐?"

검노가 말했다.

"만약 내게 무슨 일이 생기면 즉시 여길 떠나시오. 정면 승부는 피하되 굳이 손을 써야 하는 순간이 오면 힘을 아끼지 마시오."

"……!"

第三章
살극달, 신위를 보이다

　제운학은 순식간에 비무대의 구석으로 몰렸다.

　가쁜 숨을 몰아쉬는 그의 얼굴에선 핏기를 찾아볼 수가 없었다. 결정적인 패인은 가슴에 허용한 일격이었다. 곡운성이 그랬던 것처럼 내장이 진탕당하는 충격을 이기지 못한 제운학은 결국 검을 아래로 늘어뜨리고 말았다. 더는 싸울 기력이 남아 있지 않은 것이다.

　패배를 인정하면 승부가 끝난다는 용봉지연의 규정이 있었지만 제운학은 차마 그러질 못했다. 두 번이나 도전을 한 그가 이제 와서 패배를 선언할 수는 없는 노릇이었다.

"원한다면 살려줄 수도 있다."

목추경이 말했다.

"무슨… 뜻이지?"

"살려달라는 한마디면 넌 살 수 있다."

목추경의 한마디에 제운학의 얼굴이 와락 일그러졌다. 그는 만인이 보는 앞에서 목추경을 죽이겠다고 공언했다. 한데 보기 좋게 패했고, 이런 상황에서 살려달라고 한다면 천하의 웃음거리가 될 수밖에 없었다.

그 순간 제운학은 깨달았다. 목추경은 처음부터 자신을 살려줄 생각이 없었다는 걸.

"날 웃음거리로 만들고 싶은가?"

"난 그렇게라도 살아남았지. 그래야 복수를 할 수 있을 테니까."

"복수……?"

"너는 시작일 뿐, 오늘이 가기 전에 너희는 파멸할 것이다."

말과 함께 목추경의 장검이 허공으로 치솟았다.

죽음을 예감한 제운학은 마지막 순간까지도 의연했다. 그는 조용히 눈을 감은 채 한 치의 동요도 없이 죽음을 기다렸다.

목추경의 장검이 제운학의 목을 향해 떨어졌다.

그 순간,

따앙!

귀청을 때리는 금속성과 함께 목추경의 장검이 방향을 잃고 튕겨 나갔다. 멀지 않은 곳에 주먹만 한 차돌 하나가 떨어져 내렸다. 목추경의 장검을 때려 검로를 이탈하게 만든 물건이었다.

목추경과 같은 고수가 내려치는 검을 돌멩이를 던져 튕겨낼 수 있는 고수란 그리 많지 않았다.

도대체 누구의 솜씨인가.

사람들의 시선은 처음엔 귀빈석을 향했다. 아들의 죽음을 바라볼 수 없었던 제검성의 성주가 손을 쓴 것이 아닌가 하고 생각했기 때문이었다.

하지만 제검성의 성주를 비롯해 귀빈석의 노강호들은 모두 군중 속 어느 한곳을 바라보고 있었다. 찰나의 순간에도 돌멩이가 날아온 방향을 정확히 간파한 것이다.

군중의 시선도 자연스럽게 그리로 향했다.

빽빽하게 밀집한 군중이 썰물처럼 갈라졌다. 그곳에서 한 사람이 걸어나오고 있었다. 머리카락을 대충 틀어 묶고 허리에는 오 척의 장검을 찬 흑의장삼인이었다.

흑의장삼인은 가볍게 도약을 해 비무대 위로 올라갔다. 흑의장삼인, 살극달을 알아본 제운학의 얼굴이 참혹하게 일그러졌다. 살극달은 제운학의 시선을 뒤로하고 목추경에게 말했다.

"그의 목숨을 내가 사겠다."

"무엇으로 대가를 치를 텐가?"

"너를 살려주겠다."

"……!"

목추경의 얼굴이 사납게 일그러졌다.

살극달은 지금 목추경에게 도전을 했다. 더불어 자신이 이기면 목추경을 살려주겠다고 했다. 그 말은 곧 자신이 반드시 이긴다는 뜻이었다.

"제 공자를 데려가시오."

살극달이 어느새 비무대로 올라온 탕무정을 향해 말했다. 탕무정은 영문을 알 겨를도 없이 재빨리 수하들에게 눈짓을 했다. 대여섯 명의 무인이 계단을 타고 올라와 제운학을 부축했다.

"필요없어."

제운학이 거칠게 손을 뿌리쳤다.

그는 살극달을 잠시 응시한 후 한 자루 검에 의지한 채 천천히 걸음을 옮겼다. 잠시 후 제운학이 사라지자 비무대 위에는 목추경과 살극달 두 사람만 남게 되었다.

"너는 누구인가?"

목추경과 살극달은 자하부의 천년부호에서 한 번 조우한 적이 있었다. 하지만 목추경은 알아보지 못했다. 살극달이 아직까지 역용을 하고 있었기 때문이다.

"무인은 오직 검으로만 말하는 법."

살극달은 목추경이 처음 비무대에 올랐을 때 했던 말로 되돌려 주었다. 목추경은 가볍게 조소를 흘리더니 돌연 신형을 쏘았다. 가히 섬전과도 같은 속도로 쇄도하던 그는 일 장의 거리를 남겨놓고 허공으로 솟구쳤다.

한순간 검과 사람이 허공에서 일직선이 되었다. 자신의 면적을 최소한의 형태로 좁히면서 상대의 급소를 노리는 수법, 거기에 검기가 더해졌다.

찌이익!

제운학을 상대할 때도 쓰지 않았던 검기가 무시무시한 속도로 살극달의 심장을 향해 날아들었다. 찰나의 순간 살극달의 면전에서 자광이 번뜩였다. 그 짧은 순간에 주먹을 뻗어 경력을 쏘아낸 것이다.

따앙!

귀청을 찢는 금속성과 함께 목추경의 검이 방향을 잃고 튕겨 나갔다. 그 힘을 견디지 못한 목추경의 신형도 방향을 꺾었다. 가히 후발선제(後發先制) 전범이랄 수 있는 살극달의 반격이었다.

일격이 수포로 돌아갔음을 깨달은 목추경은 순식간에 공중제비를 돌며 떨어져 내렸다. 그 찰나의 순간에도 그는 장검의 방향을 틀어 살극달의 하박을 노리는 공격을 감행했다. 백전을 치른 자만이 펼칠 수 있는 반격이었다.

그 순간.

퍼억!

둔탁한 타격음과 함께 목추경의 신형이 새우처럼 구부러졌다. 무얼 어떻게 당했는지도 모르는 상태에서 목추경은 무려 열 걸음이나 비틀거리며 물러난 끝에 털썩 주저앉고 말았다.

목추경은 어리둥절해졌다.

찰나의 순간 그가 본 것이라곤 자광으로 물든 살극달의 주먹, 그리고 자신의 검을 피해 아랫배를 파고드는 바람이었다. 정작 자광을 띠던 주먹은 근처에 이르지도 않았다.

'격공장(隔空掌)!'

허공을 격해 멀리 떨어진 상대에게 타격을 입히는 장법의 한 경지였다. 검기를 뽑아내는 것이 검수의 평생 숙원이라면 격공의 발경을 뽑아내는 것이 권사의 평생 숙원이다.

바로 그 격공장에 정통으로 당했다.

목추경은 내장이 진탕당하는 충격에 머릿속이 하얘지는 것 같았다.

대체 누구일까?

칠성의 공력을 담아 펼친 자신의 일격을 이처럼 무시무시한 속도로 피해 반격을 가할 수 있는 사람은.

"너의 주인은 어디에 있나?"

살극달이 아직도 꺽꺽거리며 신물을 게워내고 있는 목추경에게 물었다. 자신이 혼자가 아니라는 걸 간파한 살극달의 말에 목추경의 얼굴은 더욱 일그러졌다.

"너는… 누구냐?"

"다시 묻겠다. 너의 주인은 어디에 있나?"

목추경은 대답하지 않았다.

그는 단 일격에 패했다는 게, 그것도 맨주먹에 맞아 혼자서는 일어설 수도 없을 만큼 내장을 진탕당했다는 게 믿기지 않는 듯 참담한 표정을 지을 뿐이었다.

살극달도 더는 묻지 않았다.

"약속대로 목숨은 살려주겠다."

말과 함께 살극달은 군중을 향해 돌아섰다.

그리고 만인이 보는 앞에서 천천히 한 손을 얼굴에 가져갔다가 떼었다. 그러자 좀 전의 모습은 온데간데없고 검게 그을린 그의 본래 얼굴이 나타났다.

검에 의지해 가까스로 몸을 일으키던 목추경의 동공이 튀어나올 듯 커졌다. 그 순간, 군중 속에서 외침이 터져 나왔다.

"살극달이다!"

"살극달? 살극달이 누구지?"

"자하부를 구한 그 비상한 인물 말이야!"

처음 살극달이라는 이름을 외친 사람은 자하부의 혈사가 벌어질 당시 살극달을 멀리서 훔쳐보았던 게 틀림없었다.

그제야 살극달이라는 이름에서 자하부의 혈사를 떠올린 군중은 파도처럼 웅성거렸다. 흑의장삼인이 살극달이라는 걸 이미 알고 있었던 일부 후기지수들과 귀빈석의 노강호들 역시 놀라움을 금치 못했다.

살극달에게 나름 한 수가 있을 거라는 건 짐작했지만 단 일격에 목추경을 고꾸라뜨릴 정도의 고강한 무공을 숨겼을 줄은 상상도 못했기 때문이었다.

"이제 그만 등장하는 게 어떤가?"

살극달이 사방의 군중을 굽어보며 말했다.

낮은 음성이었지만 연무장이 쩌렁하게 울릴 정도였다. 한눈에 보기에도 범상치 않은 공력에 군중은 다시 한 번 놀랐다. 이어 살극달의 말이 누구를 향한 것인지를 알아내기 위해 사방을 돌아보았다.

그때 군중의 머리 위로 신형 하나가 솟구쳤다. 작달막한 초자곤을 든 꼽추였다. 꼽추는 벌집처럼 빽빽하게 모여 있는 군중의 어깨와 이마를 밟으며 놀라운 속도로 비무대를 향해 달려왔다.

느닷없이 질주하는 꼽추를 보고 군중이 크게 술렁였다. 군중은 몰랐지만 살극달은 앞서 목추경과 마찬가지로 천년부호에서 그를 한 번 본 적이 있었다.

또한 살극달은 몰랐지만 그는 수라마군을 따르는 십 인의 비영 중 고독룡이 죽는 바람에 삼비영이 된 맹조였다.

"타앗!"

맹조는 지척에 이르자 건장한 장한의 어깨를 박차는 것을 마지막으로 크게 도약했다. 해를 등지고 허공으로 일 장이나 떠오른 그의 초자곤이 머리 위로 한껏 치켜 올려졌다.

순식간에 살극달의 머리 위로 접근한 맹조가 일도양단의 기세로 초자곤을 크게 휘둘렀다. 군중 속에서 모습을 드러내고, 달려오고, 초자곤을 휘두른 이 일련의 동작이 마치 바람처럼 빨랐다.

하지만 맹조는 이 일격으로 살극달의 머리통을 날려 버릴 수 있을 거라 생각하지 않았다. 이비영인 목추경을 일격에 쓰러뜨린 절정의 고수가 삼비영인 자신의 공격에 쓰러진다는 건 말이 되지 않았다.

맹조는 단지 이 일격으로 자신이 낙하할 지점을 만들고자 했을 뿐이다. 그리고 착지와 동시에 몸을 빼는 살극달에게 찰싹 달라붙으며 제이, 제삼의 공격을 퍼붓고자 했을 뿐이었다.

선공을 통해 상대의 방어를 유도해 낸 후 숨 쉴 틈도 없이
몰아붙이는 것이 바로 그가 평생을 익힌 절기 서우박룡기(犀
牛撲龍技)의 요체였다.

맹조는 여러 번의 기회가 없을 것임을 알고 그야말로 혼신
의 공력을 담은 공격을 가한 것이다.

그의 생각처럼 두 번의 기회는 없었다.

뻐엉!

살극달의 신형이 질풍처럼 회전한다 싶더니 둔탁한 격타
음이 울렸다. 꼽추 맹조의 초자곤은 살극달의 손바닥에 잡혀
버렸다.

살극달은 그 상태에서 금륜나의 수법을 발휘, 초자곤을 사
정없이 꺾는 동시에 맹조를 바닥에 꽂아버렸다.

엄청난 힘을 견디지 못한 맹조는 목숨과도 같이 생각하는
자신의 성명병기를 놓쳐 버리는 실수를 저질렀다.

그럴 수밖에 없었다.

그가 끝까지 초자곤을 고집했다면 팔이 부러졌을 테니까.
맹조는 작은 몸을 이용 바닥에 떨어지는 순간 몸을 비틀어 공
처럼 퉁겨져 올라왔다. 그때쯤 낯익은 초자곤이 그의 옆구리
를 두들겨 왔다.

뻐억!

맹조는 비명을 지를 사이도 없이 일격을 맞고 그 자리에 쓰

러졌다. 무림인이 쥐었기에 초자곤이라는 고상한 이름으로 불린다 뿐, 사실은 쇠몽둥이가 아닌가. 맹조는 정신을 잃은 듯 그 자리에서 꿈쩍을 하지 않았다.

"뒤를 조심해!"

군중 속에서 누군가 외쳤다.

그건 그야말로 암습이랄 수밖에 없었다.

살극달이 맹조와 일합의 공방을 주고받는 그때, 몽골의 복색에 변발을 한 거한이 비무대로 뛰어 올라와 살극달의 후방으로 달려들었다.

살극달은 몰랐지만 그는 사비영 홍비쉬였다.

본시 오비영이었지만 삼비영이었던 고독룡이 죽어 서열 네 번째가 된 자였다.

백 근에 이르는 장창이 무시무시한 속도로 살극달의 등을 뚫어갔다. 살극달은 벼락처럼 돌아서며 홍비쉬의 장창을 겨드랑이 사이에 끼웠다. 그리고 한 발을 휘둘러 장창의 중단을 감은 다음 힘껏 내리쩍었다.

홍비쉬는 몽골이 자랑하는 괴력의 소유자였다.

그는 장창을 떨어뜨리기는커녕 엄청난 힘으로 살극달을 들어 올려 버렸다. 덕분에 살극달의 신형이 허공으로 떠올랐다.

하지만 홍비쉬는 살극달이 놀라운 동작으로 몸을 비틀 거라는 걸 예상하지 못했다. 살극달의 한 발이 허공을 수평으로 갈랐다. 그 궤적에 홍비쉬의 목이 있었다.

뻐억!

장정의 허리만큼이나 굵은 홍비쉬의 목이 비정상적인 각도로 꺾였다. 충격을 이기지 못한 거구의 홍비쉬는 옆으로 한 바퀴를 굴러 버렸다. 살극달이 사뿐하게 착지했을 때, 홍비쉬는 처참하게 널브러져 다시 일어나지 못했다.

비무대 위에는 고통스러워하는 목추경을 중심으로 홍비쉬와 맹조가 나란히 뻗어 있었다. 세 명의 고수를 상대하면서도 살극달은 아직 검조차 뽑지 않은 상태였다.

"우와아!"

연무장이 떠나가라 함성이 터져 나왔다.

군중은 느닷없이 나타난 꼽추와 변발의 거한이 앞서 중상을 입고 물러난 목추경의 일행임을 본능적으로 알아보았다.

살극달이 눈 깜짝할 사이에 세 명을 연달아 초주검으로 만들어 버리자 군중은 더할 나위 없는 후련함을 느끼며 끝도 없이 함성을 질러댔다.

"정말 무시무시한 인간이에요."

장자이가 말했다.

살극달을 두고 하는 말이었다.

"아직 멀었어. 너는 저놈의 실체를 십분지 일도 알지 못한다. 정말 치가 떨리고 이가 갈리는 놈이지."

검노가 정말로 어금니를 빠드득 갈며 말했다.

탕무정은 환호하는 군중을 넋을 잃고 지켜보았다. 이 환호는 구패의 후기지수들이 받아야 했다. 무언가 잘못되어도 크게 잘못되었다.

한데 목추경이라는 자가 느닷없이 나타나 구패의 후기지수들을 무참히 발라 버리더니 이번엔 또 살극달이라는 인간이 등장해 목추경을 쓰러뜨렸다.

군중에겐 구패의 후기지수들은 온데간데없고 살극달과 목추경만 보이는 것 같았다. 용봉지연의 주인공이 바뀌는 순간이었다.

당황한 탕무정은 붉은 기를 뽑는 것도 잊었다.

그때 살극달이 다시 한 번 군중을 향해 말했다.

"언제까지 수하들의 뒤에 숨어 있을 참인가!"

살극달이 다시 한 번 군중을 향해 말했다.

쩌렁한 음성이 군중의 함성을 삼켜 버렸다. 영문을 모르는 군중은 또다시 사방을 둘러보며 살극달이 기다리는 사람을 찾기에 바빴다.

그때 연무장의 서쪽 끝에서부터 군중이 썰물처럼 갈라졌

다. 그 갈라진 길을 따라 한 사람이 걸어오고 있었다.

백의장삼에 죽립을 깊게 눌러쓴 터라 얼굴을 볼 수는 없었다. 하지만 전신에서 뿜어져 나오는 기세가 마치 활화산처럼 이글거렸다. 딱히 무어라 말을 한 적도 없는데 군중이 제 알아서 길을 터준 것도 바로 그 때문이었다.

죽립인은 한 점의 서두르는 기색도 없이 다가와 천천히 비무대로 올랐다. 이윽고 그가 살극달과 마주하고 섰다. 그때쯤엔 비무대 위에 널브러져 있던 맹조와 홍비취, 그리고 목추경은 흔적도 없이 사라진 상태였다.

좌중이 찬물을 끼얹은 듯 고요한 가운데 사내가 천천히 죽립을 벗었다. 그의 얼굴이 백일하에 드러났다.

정갈하게 묶어 어깨너머로 넘긴 은발의 머리카락, 준수한 얼굴 가운데 박혀 있는 섬뜩하면서도 심유한 회백색의 눈동자, 거기에 더해 알 수 없는 압박감이 그의 전신으로부터 뿜어져 나와 장내를 무겁게 짓눌렀다.

연무장에 모인 수천의 군웅은 완전히 압도당해 버렸다. 누구보다 놀란 사람들은 귀빈석에 앉은 강호의 명숙들이었다.

그들은 수라마군이 정체를 드러내는 순간부터 바짝 긴장하고 있었다. 숨도 쉬지 않았고, 얼굴에 표정도 드러내지 않았다. 오직 횃불처럼 일렁이는 시선으로 수라마군의 동작 하나하나를 유심히 살폈다.

탕무정은 연신 혀로 마른 입술을 축이며 석단룡과 수라마군을 번갈아 바라보았다. 학수고대하던 순간이 왔으니 석단룡이 눈짓만 하면 붉은 기를 뽑아 기관을 발동할 참이었다.

"다시 만났군."

수라마군이 말했다.

다시 들어도 낮고 건조한 음성이었다.

살극달은 조용히 수라마군을 응시했다.

그를 만나면 묻고 싶은 것들이 많았다.

하원일의 죽음에 대한 것, 이런 행보를 하는 이유, 그리고 그와 자신이 무엇인지까지. 하지만 그 모든 것들을 이 짧은 시간에 다 물을 수는 없었다. 살극달은 하나씩 풀어나가기로 했다.

"내게 서신을 보낸 자가 당신인가?"

어젯밤 살극달은 누군가로부터 관제묘에서 기다리라는 서신을 받았고, 엽사담이 구패의 간자였다는 사실을 깨달았다. 살극달은 그때 서신을 보낸 사람이 데뭉게, 즉 수라마군이라고 생각했다.

"그렇다."

"왜지?"

"기회를 주기 위해서였다."

엽사담은 하원일의 죽음에 대한 비밀을 가장 정확히 알고 있는 사람이다. 수라마군의 말은 살극달이 그것을 알아낼 수 있도록 기회를 주고 싶었다는 뜻이다.

수라마군은 물끄러미 살극달을 응시했다.

살극달은 정체를 알 수 없는 무언가가 자신의 몸속으로 들어와 관조하는 듯한 느낌을 받았다. 그건 내공으로 제지할 수 있는 수준을 벗어난 미지의 힘이고 압력이었다.

이윽고 수라마군이 말했다.

"아무것도 알아내지 못했군."

알아냈다면 왜냐고 묻지 않았을 것이다.

단 한 마디를 나누어보고 수라마군은 살극달이 아무런 성과를 거두지 못했다는 걸 단숨에 파악했다.

"불청객이 있었지."

"알 만하군."

"하지만 다른 걸 알아냈지. 엽사담은 오백에 달하는 너의 병력이 석가장을 비롯한 양주 곳곳에 침투해 있다고 했다."

"네게는 아무 소용 없는 정보로군."

"어쩔 셈인가?"

"일단은 너와 일전을 겨루어야겠지."

말과는 달리 수라마군은 보폭을 벌리지도 않았다. 기수식을 취하지도 않았다. 심지어 검을 뽑지도 않았다. 하지만 단 한 마디를 내뱉는 것으로 그는 완벽한 임전의 태세가 되었다.

범인은 감히 마주 서는 것조차 어려울 정도의 엄청난 압박감
이 뿜어져 나왔던 것이다.

살극달은 거리를 두기 위해 한 걸음을 물러났다. 그리고 여
태 뽑지 않았던 검을 천천히 뽑았다.

스르릉!

맑은 쇳소리와 함께 사왕검이 시퍼런 예광을 토해냈다. 순
간, 좀 전의 평온하던 기세는 온데간데없고 좌중을 압도하는
살기가 살극달의 전신에서 흘러넘쳤다.

돌변한 기세에 군중은 숨을 죽였다.

"좋은 검이군."

수라마군이 말했다.

그는 사왕검이 마도십병의 하나라는 것을 알아보았다. 수
라마군 역시 천천히 검을 뽑았다. 사왕검과는 비교도 할 수
없을 만큼의 평범한 철검이었다.

두 사람은 조용하게 대치했다.

고요한 가운데 두 사람의 시선이 허공에서 격돌했다. 어느
순간 살극달의 상체가 느림보처럼 천천히 돌아섰다. 그 동작
을 따라 아래로 향해 있던 검이 맹수의 꼬리처럼 곤추섰다.

검신을 따라 은은한 자광이 피어올랐다.

그와 동시에 살극달의 신형이 빗살처럼 쏘아졌다. 자광으
로 빛나는 한줄기 섬광이 눈부신 속도로 수라마군을 베어갔

다. 여태 아래로 늘어뜨리고 있던 수라마군의 철검이 궤적을 그린 것도 동시였다.

꾸앙!

강렬한 첫합.

까강깡깡깡깡!

질풍처럼 이어지는 여섯 합.

섬광이 난무하고 불똥이 사방으로 튀었다. 눈으로도 좇지 못할 만큼의 빠르고 고명한 검초들이 두 사람 사이의 허공에서 난상으로 얽혔다.

눈 깜짝할 사이에 위치를 바꾼 두 사람은 또다시 격돌했다. 역시나 빨랐고, 어지러웠으며, 위력적이었다. 한 치의 양보도 없는 두 사람의 격돌은 마치 오랜 시간을 함께 대련한 사형제처럼 딱딱 맞아 들어갔다. 쉽사리 승부를 예측할 수 없었다.

두 사람의 신형이 부딪칠 때마다, 검과 검이 격돌할 때마다 벼락같은 경파가 터져 나왔다. 대기를 떵떵 떨어 울리는 그 엄청난 압력풍은 비무대를 넘어 군중에게까지 전해졌다.

압력풍은 단지 위협으로 그치지 않고 비무대의 주변에 있던 몇 사람의 코피를 터뜨렸다. 모골이 송연해진 군중은 저도 모르게 뒷걸음질을 쳤다.

용봉지연에 참가하기 위해 온 수많은 후기지수는 놀라움에 얼굴이 굳었다. 그들의 눈에 비친 살극달과 수라마군은 불과 서른 안팎의 나이다. 결국 자신들과 비슷한 연배라는 뜻인데, 그들의 대결은 흡사 무신(武神)들의 격돌을 보는 것 같았다.

톱니바퀴처럼 맞물려 돌아가던 공격은 순식간에 오십여 초를 넘어섰다. 그러던 어느 순간 엄청난 굉음과 함께 엉겅퀴처럼 붙어 있던 두 사람이 각자의 방향으로 튕겨져 나갔다.

대여섯 장의 거리를 두고 숨을 고르는 두 사람은 치열한 격전을 치렀다고는 믿기 어려울 정도로 차분했다. 호흡은 여전히 안정되었으며 어디 한 군데 상처를 입지도 않았다.

처음부터 두 사람의 격돌을 보지 않았다면 흡사 선비들이 필담을 나누는 중이라고 생각할 것 같았다.

하지만 강호의 경험이 있는 사람이라면 이 고요한 침묵 가운데에서도 조심스럽게 우열을 점칠 수 있었다. 수라마군의 검은 어디서나 쉽게 구할 수 있는 철검인 데 반해 살극달의 그것은 예사롭지 않은 보검이다.

구패의 패주들은 한발 더 나아가 살극달의 검을 정확히 알아보았다. 그건 희대의 기병이자 검의 주인을 불패의 고수로 만들어주는 사왕검이다. 한데도 사왕검을 든 살극달은 철검을 든 수라마군을 제압하지 못했다. 반면 수라마군은 평범한 철검을 들고도 사왕검을 든 살극달의 무시무시한 공격을 모두 막아냈다.

만약 살극달이 철검을 들었다면, 혹은 수라마군이 사왕검을 들었다면 결과는 달라졌을 것이다. 사왕검은 천하의 그 어떤 쇠도 무처럼 잘라 버리는 귀물이 아닌가.

하면 살극달은 왜 수라마군의 철검을 자르지 못했을까? 내공 때문이다. 측량조차 할 수 없는 수라마군의 가공할 내공이 평범한 철검을 사왕검에 버금가는 보검으로 만들어 버린 탓이다. 결국 초식에서는 동수이나 내공에서는 살극달이 한 수 아래인 셈이었다.

"오십초를 받아낸 사람은 네가 처음이다."

수라마군이 말했다.

"나 역시 오십초를 펼치고도 쓰러뜨리지 못한 사람은 당신이 처음이다."

살극달이 말했다.

"우리는 닮은 구석이 많군."

"엽사담을 통해 내게 알려주려고 했던 게 무엇인가?"

"스스로 알아내야 할 문제다."

"당신이 내 아우를 죽인 게 아니라는 말을 하고 싶었나?"

"그렇게 보였나?"

"왜 직접 말을 하지 않았지?"

"왜 스스로 알아내야 한다고 말했을 것 같은가?"

"내가 널 믿지 않을 거라고 생각하는군."

"지금도 그렇지 않나?"

"물론 그렇다."

말과 함께 순식간에 거리를 좁힌 살극달은 일검을 휘둘러 수라마군을 상체를 밀어냈다. 바깥으로 호선을 그리던 그의 검이 방향을 바꾸어 안쪽을 파고들었다. 그 순간 쭉 뻗은 검봉으로부터 별안간 새파란 불똥이 뻗어나갔다.

쩌저적!

"검강(劍罡)이다!"

누군가의 뾰족한 외침이 허공을 갈랐다.

불똥은 수라마군의 옆구리를 지진 후 바깥으로 빠져나갔다. 옷자락이 뜯겨 나가는 것을 확인한 살극달은 물러나는 수라마군을 찰싹 따라붙었다. 이어 여세를 몰아 진각을 밟았다.

쿵! 소리와 함께 비무대가 휘우뚱 일그러지는 순간 살극달은 허공으로 솟구치며 검을 세차게 그었다. 검의 궤적은 수라마군의 신형을 정확하게 두 쪽으로 갈랐다. 그야말로 섬전같은 기습이었고, 격돌을 지켜보던 군중은 수라마군의 몸이 두쪽 날 것을 의심치 않았다.

하지만 살극달은 의심했다.

검로에 아무것도 걸리지 않았기 때문이었다.

수라마군은 이미 그곳에 없었다.

살극달 같은 고수가 일신의 공력을 담아 휘두른 검이 범부의 검과 같을 리가 없다. 이만한 속도를 피할 수 있는 경지는 하늘 아래 하나밖에 없다.

'이형환위(移形換位)!'

수식으로써의 그것이 아니라 진정으로 공간을 이동하는 초유의 신법이 모습을 드러낸 것이다. 그 순간, 살극달은 등이 서늘해지는 것을 느꼈다.

펑!

격보(隔步), 바닥을 짧게 치며 질풍처럼 몸을 비튼 살극달은 상대의 신형을 확인할 사이도 없이 일검을 휘둘렀다. 새파란 불똥이 다시 한 번 전방을 향해 작렬했다.

쩌저정!

하지만 수라마군은 이번에도 그곳에 없었다.

분명 같은 공간 안에 있으면서도 그는 존재하지 않았다. 아니, 존재했으되 동시에 여러 곳에 존재했다. 바로 지금처럼.

푹!

딱히 요란하지도 않은 소리였다.

살극달은 오른쪽 어깻죽지에서 화끈한 불 맛을 느꼈다. 어깨를 사선으로 뚫고 들어온 철검은 심장을 노리며 곧장 직진했다.

하필이면 검을 든 팔이다.

살극달은 본능에 가까운 움직임으로 몸을 트는 한편 좌장을 힘차게 뻗었다. 노리는 것은 수라마군의 심장, 응축된 경력이 장심을 통해 폭주했다.

그 순간 수라마군도 일장을 뻗었다.

이미 예상한 반응이었다.

뻐엉!

상대의 장법을 유도한 다음 반탄력을 이용해 떨어지는 이 수법의 이름은 뇌봉전별(雷逢電別). 우레처럼 만났다가 번개처럼 헤어진다는 뜻처럼 요란한 폭음과 함께 두 사람은 또다시 튕겨나고 말았다.

접장(接掌)의 순간 두 사람은 엄밀히 내공 대결을 주고받았다. 그리고 충격을 받은 정도에 있어서는 차이가 컸다. 수라마군은 겨우 두 걸음을 물러난 반면, 살극달은 무려 일 장이나 밀려난 끝에 겨우 몸을 가눌 수 있었다.

살극달에게 일검은 먹은 수라마군의 옆구리는 너덜너덜하게 찢겨 있었다. 하지만 찢어진 것은 옷자락일 뿐 그는 피도 흘리지 않았고, 내상을 입지도 않았다.

반면 살극달의 어깨에서는 붉은 선혈이 쉴 새 없이 흘러내렸다. 검상이 깊지는 않지만 시간을 끌면 출혈이 문제였다. 장심을 통해 느낀 충격은 더했다. 살극달은 지금 온몸의 뼈가 으스러지는 듯한 고통을 느끼고 있었다.

맹세코 이토록 고강한 자는 처음이었다.

마치 평생을 노력해도 오를 수 없는 거대한 산을 마주하고 선 것 같았다.

군중은 충격과 공포로 할 말을 잃었다.

서른 줄에 검강을 구현해 내는 고수가 있을 줄은 상상도 못했다. 이형환위를 펼쳐 검강의 파괴력을 무위로 만들어 버릴 젊은 고수가 존재할 줄은 더더욱 상상하지 못했다.

사방이 쥐 죽은 듯 고요한 가운데 살극달은 흐르는 피를 멈추게 할 생각도 않고 다시 수라마군과 마주하고 섰다. 그의 모습 어디에서도 낭패한 기색 따윈 없었다. 오히려 오랫동안 잊고 있었던 투지가 되살아난 것처럼 온몸이 열기로 펄펄 끓었다.

"왜 분노하지?"

수라마군이 물었다.

"그렇게 보이나?"

살극달이 말했다.

"너보다 강한 사람이 있다는 게 분한가?"

"나를 도발할 작정이라면 헛수고다."

수라마군은 천천히 고개를 가로저었다.

"자신을 관조해라. 너는 분명 분노하고 있다. 그건 내가 너의 아우를 죽였다고 생각하기 때문만은 아니다."

"나보다 강한 자가 없을 거라는 생각은 해본 적이 없다."

살극달은 항변하듯 말했다.

하지만 곧 후회했다.

말이 틀렸다.

진정으로 그렇게 생각하지 않았다면 나보다 강한 자가 얼마든지 있을 거라고 말했어야 한다. 나보다 강한 자가 없지 않을 거라는 말 자체가 이미 스스로 무적이지 않을까 하는 생각을 한 번쯤은 해봤다는 걸 자인하는 꼴이었다.

한 번도 깊이 들여다보지 않은 자신의 내면과 마주친 살극달은 적잖게 놀랐다. 힘의 서열 따윈 관심조차 없다고 생각했는데 내면 깊숙한 곳에서는 군림하고 싶은 수컷의 본능이 살아 숨 쉬고 있었나 보다.

그걸 깨닫는 순간 살극달은 다시 평정심을 되찾을 수 있었다. 내공의 기운이 전신으로 퍼지면서 머릿속에서 소나기 소리가 들렸다. 전신이 그 어느 때보다 상쾌해졌다.

수라마군은 그때까지도 기다려 주었다.

"이제 싸울 준비가 되었나?"

"발아래를 조심하라!"

알 수 없는 한마디를 던져놓고 살극달은 벼락처럼 신형을 쏘았다.

까강깡깡!

맹렬한 금속성이 울리길 여러 번, 두 사람의 신형이 하나로

뒤엉켜 허공으로 솟구쳤다. 그 모습이 흡사 두 마리의 용이
싸우는 것 같았다.

살극달은 칠백 년을 살아오면서 익힌 숱한 괴공절학을 아
낌없이 펼쳤다. 가히 폭풍과도 같은 검세가 수라마군을 압박
해 갔다.

수라마군은 눈에 띄는 반격을 삼갔다. 그는 폭우 속의 소나
무처럼 굳건하게 버티면서 살극달의 검초를 상대했다. 그러
던 어느 순간, 누구의 것인지 모를 핏방울이 사방으로 튀었
다.

수천 개의 눈은 모두 비무대에서 떨어질 줄을 몰랐다. 귀빈
석의 노강호들은 모두 자리에서 일어난 상태였다. 그때 석단
룡이 어딘가를 향해 조용히 고개를 끄덕였다.

군중은 그야말로 세기의 대결이랄 수도 있는 이 싸움의 마
지막 승부를 목격할 수 없었다. 모두가 살극달과 수라마군의
대결에 정신이 팔려 있는 그 순간, 탕무정이 붉은 기 하나를
뽑았기 때문이었다. 물론 그걸 알아차린 사람은 없었다.

第四章

만겁윤회로(万劫輪廻爐)

콰앙!

비무대의 정중앙으로부터 요란한 폭음이 울렸다. 수많은 목재의 파편이 구름처럼 피어오른다 싶더니 사방 백여 평이나 되는 비무대가 흔적도 없이 사라져 버렸다.

그와 동시에 사라진 비무대의 네 귀퉁이로부터 엄청난 숫자의 암기가 중앙을 향해, 정확히 말하면 폭발의 압력으로 인해 허공으로 솟구친 두 사람, 살극달과 수라마군을 향해 쏘아졌다.

허공을 빼곡하게 뒤덮은 은빛 암기는 순식간에 두 사람을 집어삼켜 버렸다. 살극달과 수라마군은 체공상태에서 검을 질풍처럼 휘둘렀다. 요란한 금속성과 함께 불꽃이 비산하는 사이, 이번엔 마찬가지로 비무대의 네 귀퉁이에 있던 붉은 사자기의 깃봉이 동시에 터져 나갔다.

깃봉으로부터 튀어나온 검은 줄기가 허공을 날았다. 정체불명의 검은 줄기는 순식간에 사방으로 퍼지더니 백여 평에 달하는 비무대의 상공을 한 치의 빈틈도 없이 장악해 버렸다.

그건 엄청난 크기의 그물이었다.

그물은 폭발의 잔해와 수천 발의 암기, 그리고 그 잔해와 암기 속에서 맹렬하게 검을 휘두르고 있던 살극달과 수라마군을 몽땅 싸버린 다음 무서운 속도로 낙하했다. 그물은 순식간에 비무대의 아래쪽 보이지 않는 미지의 공간 속으로 사라져 버렸다.

그때 또 한 번의 폭음이 울렸다.

콰콰콰콰쾅!

이번의 폭음은 셀 수도 없을 만큼 여러 번 울렸다. 그때마다 지축이 흔들리며 비무대를 둘러싸고 있던 삼 장 높이의 담벼락이 안쪽을 향해 허물어져 갔다.

담장은 놀랍게도 대리석으로 만들어졌다.

백여 평의 공간을 둘러싼 삼 장 높이의 대리석 담벼락이었으니 그 잔해의 양이 얼마나 많을지는 상상조차 할 수 없었다. 이건 숫제 함정에 떨어진 사람을 생매장시키겠다는 것이나 다름없었다.

살극달과 수라마군이 앞의 함정에서 용케 암기를 쳐냈다고 해도 떨어져 내리는 수천 개의 대리석 조각 중 하나라도 맞는다면 생사를 장담키 어려웠다. 그 높이가 높으면 높을수록 더더욱.

군중은 어리벙벙해졌다.

그들이 듣고 본 것이라곤 거의 동시에 울린 세 번의 폭음, 터져 나가는 비무대의 바닥, 허공을 장악한 수천 발의 은빛 암기, 그것들을 싸그리 집어삼킨 후 바닥으로 사라져 버린 그물, 그리고 마지막으로 허물어져 버린 담벼락이었다.

날벼락도 이런 날벼락이 없었다.

좀 전까지 살극달과 수라마군이 백척간두(百尺竿頭)의 전투를 벌이던 비무대는 하늘을 향해 퀭하니 입을 벌린 채 사각형의 형체만 덩그러니 남아 있었다. 그 위로 작은 파편과 뿌연 먼지가 내려앉았다.

귀빈석을 포함해 곳곳에 포진해 있던 일단의 무인들이 움직였다. 그들은 빠르게 대형을 짜는가 싶더니 순식간에 형체만 남은 비무대를 에워싸 버렸다.

그러곤 곧장 검을 뽑아 들고는 형형한 눈빛으로 사방을 노려보았다. 누군가 비무대 주변으로 접근한다면 당장에라도 요절을 낼 기세였다.

그게 끝이 아니었다.

비무대를 에워싼 사람들은 선발대에 불과했다.

잠시 후, 연무장 서쪽 숲으로부터 일단의 기마인들이 지축을 울리며 등장했다. 놀란 군중이 뒷걸음을 치는 사이 장창을 꼬나 쥔 기마인들은 앞서 선발대가 그랬던 것처럼 비무대를 이중 삼중으로 에워쌌다.

그 숫자가 무려 오백에 육박했다.

갑작스러운 상황에 군중은 우왕좌왕했다.

군중은 몰랐지만, 수라마군에게 오백의 고수들이 있다는 걸 알아차린 석가장이 그들의 공격을 막기 위해 행한 일이었다. 자신들의 주군이 함정에 빠졌으니 구출하려 들지 않겠는가.

그때 비무대를 에워쌌던 무리 중 좌장으로 보이는 늙은 궁수 하나가 앞으로 나왔다. 은발의 수염을 가슴까지 기른 그는 놀라고 허둥대는 군중을 향해 초목이 울리도록 사자후를 쏟아냈다.

"용봉지연은 끝났소. 자세한 사정은 추후 공표할 것인바, 신비루의 이름을 무겁게 여긴다면 강호의 형제들은 지금 즉시 물러가 주시오. 반 각이 지나도 연무장에 남아 있는 자가 있다면 무림의 공적으로 선포, 반드시 목숨을 거둘 것이오!"

노인은 사실 강호에 명성이 자자한 신비루의 루주로 이름은 이종학이었다. 그가 벽력궁(霹靂弓)이라 이름 붙인 한 자루 철궁을 당겨 쏘면 화살이 바람을 가르는 소리가 천둥처럼 들린다 하여 별호도 동악뇌성(東岳雷聲)이다.

말과 함께 연무장에는 도, 검, 창, 궁으로 무장한 무인들이 저마다의 방향에서 속속 들이닥쳤다. 복색이 제각각인 것으로 보아 여러 문파의 무인들이 총출동한 것 같았다. 그들은 귀빈석의 존장들을 호위하는 한편 연무장에 모인 군중을 향해 화살을 겨눴다. 누구라도 도발하는 자가 있으면 쏘겠다는 뜻이었다.

무언가 큰 사달이 벌어졌음을 직감한 군중은 누가 먼저랄 것도 없이 연무장을 탈출해 입구로 달려가느라 바빴다. 석가장은 일대 혼란이 벌어졌다.

한데 그때까지도 수라마군을 구출하려는 움직임은 없었다. 앞서 비무대에 등장했던 목추경도, 뒤늦게 나타나 살극달에게 일패도지했던 꼽추와 변발의 몽골인도 보이지 않았다. 수라마군이 이끌고 왔다는 오백의 병력은 더더욱 나타나지 않았다.

놀라 비무대로 달려간 사람들은 따로 있었다.

"이게 대체 뭐하는 수작이야!"

노성을 터뜨리며 비무대를 향해 달려가는 사람은 검노였

다. 그의 뒤에는 조빙빙과 매상옥, 장자이가 시뻘게진 눈으로 따랐다.

수천의 군중이 일시에 한 방향으로 빠져나가는 사이 그 물결을 거슬러 달리는 네 사람을 발견하기란 어려운 일이 아니었다.

비무대의 앞쪽에 포진해 있던 궁수들의 화살이 일제히 네 사람을 향했다. 도검창을 든 무인들도 눈알을 부라리며 네 사람을 노려보았다.

"이 개 같은 놈들이 죽으려고 환장을 했나!"

검노가 다시 한 번 사자후를 내질렀다.

그의 음성은 혼란한 와중에도 연무장에 모인 모든 사람의 귓속을 쩌렁하게 울렸다. 귀빈석에 앉아 있는 구패의 패주들이 그 소리를 듣지 못했을 리 없다.

또한 석단룡이 검노와 조빙빙 일행을 알아보지 못했을 리 없었다. 조빙빙이 돌연 검노의 어깨를 붙잡으며 소리쳤다.

"멈춰요!"

"무슨 일이야!"

검노가 조빙빙을 돌아보며 신경질적으로 외쳤다.

"분위기가 심상치 않아요. 아무래도 여길 뜨는 게 좋겠어요."

"그게 무슨 개뼈다귀 같은 소리야! 살극달이 함정에 빠져

생사조차 알 수 없는데 가긴 어딜 간단 말이냐?"

"그가 한 말을 잘 기억해 봐요. 그는 자신에게 무슨 일이 생기면 즉시 여길 떠나라고 했어요."

"그놈이 무슨 말을 했건 내가 뭐가 무서워서 꽁무니를 뺀단 말이냐. 난 기어코 살극달 그 우라질 놈의 시체를 확인해야겠다."

은연중에 본심을 드러내는 검노였다.

하지만 조빙빙은 그게 살극달의 안전을 염려하는 검노의 화법이라는 걸 알고 있었다.

"그는 범인의 폭으로는 측량할 수 없는 불가사의한 존재예요. 생각해 봐요, 그가 왜 그 순간에 그런 뜬금없는 말을 했을지. 분명 우리가 모르는 어떤 안배가 있을 거예요."

"오공녀의 말이 맞아요. 지금 돌진하면 죽어요!"

장자이가 말했다.

"오공녀의 말씀은 무조건 옳습니다."

매상옥도 거들었다.

세 사람이 이렇게 나오자 금방이라도 돌진할 것처럼 기세등등하던 검노가 한순간 말문을 닫았다.

조빙빙의 말처럼 뭔가 이상하긴 했다.

처음엔 수라마군을 상대로 싸우다가 죽을지도 모른다는 생각에 일행을 자신에게 맡기는 줄 알았다. 만약 그렇다면 즉시 여길 떠나라는 말을 할 필요가 없지 않은가. 놈은 무언가를 알고 있는 것이다. 그때였다.

"저길 봐요!"

갑작스러운 장자이의 외침에 일행의 시선이 모두 한쪽으로 향했다. 귀빈석에는 어느새 장검을 뽑아 든 석단룡이 연무장을 새까맣게 뒤덮은 수천의 무인을 진두지휘 하고 있었다.

그의 검이 비무대를 에워싸고 있는 일단의 무리를 향했다가 다시 검노 일행에게로 돌려졌다. 그 순간, 석단룡의 칼을 받았던 대열의 한쪽이 허물어지더니 수백의 기마인들이 도검을 뽑아 들고 질주했다. 그 선두에 동악뇌성 이종학이 있었다. 그건 분명 검노와 조빙빙 일행을 노리는 질주였다.

"저, 저것들이 미쳤나?"

장자이가 외쳤다.

"도대체 뭐가 어떻게 돌아가는 거야!"

매상옥이 외쳤다.

어제만 해도 한배를 탔던 저들이 왜 갑자기 돌변해 자신들을 잡으러 오는 건지 알 수가 없었다. 이유야 어찌 되었든 목전의 상황이 명약관화한 바에야 미적거리고 있을 시간이 없었다.

"일단은 물러난다."

검노의 말을 시작으로 네 사람은 곧장 방향을 바꿔 달리기 시작했다. 저만치 아직 석가장을 빠져나가지 못한 군중의 꼬리가 보였다. 군중이 일시에 한곳으로 몰리자 그 인원을 감당하지 못해 정문의 입구는 이미 만원이었다.

"서쪽으로!"

검노가 외쳤고, 네 명은 달리는 와중에도 급박하게 방향을 틀었다. 석가장은 호수와 연결되는 입구를 제외하면 삼면이 우거진 숲으로 뒤덮여 있었다. 검노는 일단 서쪽 숲으로 달아날 작정이었다.

하지만 숲의 입구에 이르자 시커먼 그늘로부터 번뜩이는 도검을 들고 매복해 있던 백여 명의 무인들이 모습을 드러냈다.

"북쪽으로!"

검노가 외쳤다.

네 사람은 일제히 방향을 틀어 북쪽 숲으로 달렸다. 하지만 북쪽 숲에도 매복이 있었다. 이렇게 되면 볼 것도 없다. 석가장을 둘러싼 숲 전체에 매복이 있을 테니 어느 쪽으로 도주하든 마찬가지였다.

네 사람은 약속이나 한 듯 뒤를 돌아보았다.

장원의 안쪽에서는 맨 처음 출발한 이종학이 기마인들을 이끌고 연무장을 가로질러 달려오고 있었다. 아울러 서, 북, 남방에서 달려오는 무인들까지 가세하자 적들의 숫자는 오륙

백에 육박할 것 같았다.

"빌어먹을!"

장자이가 소월도를 뽑아 들며 말했다.

"그냥 죽어줄 순 없지!"

매상옥도 쌍겸을 뽑아 들었다.

조빙빙은 조용히, 그러나 굳은 표정을 지으며 검을 뽑아 들고는 앞뒤를 살폈다.

'이대로는 끝장이야!'

검노가 대륙을 경동시킨 무적의 고수였다고는 하나 이제는 기세를 잃은 장강의 앞 물결일 뿐이었다. 겨우 네 사람이 이종학을 포함한 오류백의 병력을 상대로 싸워 살아남는다는 것은 어불성설이었다.

목숨이 경각에 달린 순간, 조빙빙은 불현듯 살극달을 떠올렸다. 위기의 순간이면 언제나 그가 생각났다.

'아직 살아 있을까?'

평소라면 당연히 살아 있을 거라 생각했을 것이다. 하지만 좀 전에 본 함정은 너무나 위험했다. 살극달이 제아무리 불사의 존재라고 해도 도저히 살아남을 것 같지가 않았다.

그럼에도 불구하고 무언가 안배가 있을 거라며 도주를 주장했던 것은 살극달에 대한 믿음 때문이었다. 그리고 단 네 사람으로 그를 구하려 한다는 건 이란격석(以卵擊石)의 어리석음이라는 냉철한 판단 때문이었다.

하지만 도주조차 목숨을 걸어야 할 판이었다.

그때 검노가 침잠한 음성으로 말했다.

"매상옥, 철구를 꺼내라."

"예?"

"서둘러!"

"알겠습니다."

매상옥이 그때까지 짊어지고 있던 가죽부대를 내동댕이치
듯 내려놓고는 속에 든 철구를 꺼냈다. 검노는 팔을 흔들어
손목에 감고 있던 쇠사슬을 풀었다. 그리고 헤어지기 직전 살
극달이 준 고리를 꺼내 쇠사슬과 철구를 연결했다. 그 상태에
서 검노는 서쪽 숲을 노려보며 말했다.

"장자이, 듣자 하니 네년의 발이 제법 빠르다지?"

"혼자 도망갈 생각은 없네요."

"간만에 마음에 드는 말을 하는군. 매상옥, 내가 전해준 몽
도류의 무리를 잘 기억하고 있겠지?"

"두말하면 시끄럽지요."

"두고 보겠어. 조빙빙, 고주일검은 충분히 수련해 두었겠
지?"

"어쩌시려고요?"

조빙빙이 안타까움과 불안감이 함축된 눈빛으로 물었다.

"내가 길을 뚫겠다. 모두 내 뒤를 따르되 손속에 사정을 두지 마라. 내 말을 명심해야 할 것이다. 손속에 사정을 두지 않을수록 너희가 살 확률도 높아진다."

말과 함께 검노가 팔을 슬쩍 흔들었다. 그러자 치렁하게 늘어져 있던 쇠사슬이 팽팽하게 당겨지더니 이백 근에 육박하는 철구가 허공으로 솟구쳤다. 검노는 철구를 머리 위로 질풍처럼 휘두르며 서쪽 숲을 향해 돌진했다.

"오늘 원없이 한번 싸워보자!"

              *   *   *

"저게 대체 뭐지?"

제 키에 육박하는 장궁(長弓)을 든 묘령의 여인이 말했다. 그녀가 굽어보는 산자락 아래, 정확히 말하면 석가장의 서쪽 숲에서 벌어지는 때아닌 격전을 보면서 한 말이었다.

그건 숫제 일방적인 도살이라고밖에는 할 수 없었다. 일남이녀를 꼬리에 매달고 달리며 항아리만 한 철구를 질풍처럼 휘두르는 노괴물의 무력은 그처럼 무시무시했다.

연달아 벼락이 떨어졌다.

겁없이 달려들던 대여섯 명의 기마인이 철구에 맞아 뻥뻥 나가떨어졌다. 말들의 비명이 난무하고 인간의 몸뚱이가 사방으로 비산했다. 빗나간 철구가 어쩌다 교목을 때릴라 치면 초목이 짜르르 울리며 밑동부터 터져 나갔다.

수백의 기마인들이 둘러싸고도 단 네 명을 어쩌지 못하는 상황이 그래서 생겨났다. 괴노인은 압도적인 파괴력으로 적들을 때려잡으며 숲을 가로질러 가고 있었다. 그들을 향해 범상치 않은 강전이 빗발쳤다. 빗발치는 강전의 시발점에서 도주하는 검노 일당을 침잠한 눈으로 바라보는 이가 있었다. 동악뇌성 이종학이었다.

"무시무시한 인간이군."

대부(大斧)를 든 장한이 말했다.

"예사롭지 않은 인간인 줄 알았지만 저 정도일 줄이야."

뾰족한 갈고리가 달린 괴를 든 미공자가 말했다.

이들은 수라마군의 수하들로 각각 칠비영, 육비영, 오비영의 지위를 지녔다. 이름은 장궁을 든 여자가 막소화, 대부를 든 장한이 표무종, 괴를 든 미공자가 공손아랑이다.

"그의 신력이 대단하긴 하지만 전성기 때에 비하면 오히려 모자란 감이 있군요. 전성기였다면 석단룡이 이종학 하나만을 보내지는 않았을 겁니다."

마지막으로 끝이 세 갈래로 뾰족하게 갈라진 이랑도(二郎刀)의 사내 섭여의가 말했다. 수백의 기마인은 안중에도 없다는 뜻이었다. 사람들의 시선이 일시에 그를 향했다.

"그를 알아?"

막소화가 눈을 동그랗게 뜨고 물었다.

섭여의는 마흔의 사내로 비영들 중에서도 결코 적은 나이가 아니었지만, 철저하게 실력을 따지는 바람에 팔비영이 되었다. 그러나 다른 비영들에 비해 다소 밀린다는 것이지 그의 실력이 비천한 것은 아니었다.

자하부의 삼공자인 엽사담조차 섭여의의 아래인 구비영이 된 것을 보면 알 수 있다. 그리고 섭여의에게는 다른 사람들이 가지지 못한 재주가 한 가지 더 있었다.

그건 강호의 온갖 기인이사에 정통한 식견이었다. 그가 어떻게 한 번 만나보지도 않은 그 많은 고수의 내력과 무공을 줄줄이 꿰고 있는지는 알 수 없었다. 다만 확실한 것은 그가 팔비영이 된 것은 무공보다 바로 이 막강한 정보력 때문이라는 것이다.

"저 괴물이 바로 혼세마왕입니다."

"혼세마왕이라면……!"

"맞습니다. 십여 년 전 대륙을 질타했던 미치광이 대마두가 바로 저자죠."

"말도 안 돼!"

막소화를 필두로 모두의 눈이 동그래졌다.

비영들 중에는 심산에 은거했던 이들도 많았다. 하지만 그

와중에도 십여 년 전 일만의 마병을 이끌고 대륙을 가로지른 대마두에 대한 소문은 귀가 따갑도록 들었으니 그가 바로 혼세마왕이다.

"게다가 우리는 그를 이미 한 번 본 적이 있죠."

"본 적이 있다고? 우리가?"

"워낙 황당하게 등장하긴 했지만, 분명 우리는 그를 만난 적이 있습니다."

"대체 무슨 소리야?"

대부를 든 장한 표무종이 물었다.

"강호에 저만한 철구를 무기로 사용하는 자가 몇 명이나 되겠습니까? 적어도 제가 아는 한 저자뿐입니다."

"그렇군. 그때 그 늙은이였어."

오비영 공손아랑이 뒤늦게 혼세마왕을 기억해 냈다. 약간의 시차가 있었지만 표무종과 막소화도 한 달 전 천년부호에서 있었던 일을 떠올렸다.

그때 살극달과 한참 격전을 벌이고 있을 때 까마득한 벼랑의 꼭대기로부터 다 죽여 버리겠다는 일성과 함께 떨어진 정체불명의 괴노인도 바로 저런 철구를 들고 있었다.

워낙 짧은 순간이었고, 또 떨어지자마자 곧장 늪 속으로 가라앉아 버리는 바람에 괴노인의 얼굴을 똑바로 보지 못했지만, 지금 보니 분명 그때 그 노인이 맞다.

"그 황당한 인간이 혼세마왕이었을 줄이야……."

표무종은 진심으로 놀랐다.

그때쯤엔 더 이상 혼세마왕의 모습이 보이지 않았다. 아마도 숲으로 깊숙이 들어간 모양인데, 여전히 비명이 난무하고 숲이 요란하게 흔들리는 것으로 보아 아직 싸움은 한창 진행 중인 것 같았다.

요란하면 요란할수록 혼세마왕은 성공적으로 돌파를 하고 있다는 뜻이 된다. 패색이 짙었다면 숲이 잠잠해지지 않겠는가.

한데 꼭 그런 것만은 아닌 것 같았다.

어느 순간, 숲으로부터 천둥 같은 바람 소리가 대기를 갈랐다. 세상에 저런 형태의 바람 소리를 낼 수 있는 물건은 하나밖에 없다. 동악뇌성이 드디어 벽력궁을 쏜 것이다.

뒤를 이어 비명이 터진 것도 같다. 잠시 숲이 잠잠해지는가 싶더니 또다시 좀 전의 소란함으로 돌아왔다. 모두 숲 속에서 벌어지는 일인지라 알 수가 없는 것이 유감이었다.

"뒤처리는 잘해두었겠지?"

여태 잠자코 서쪽 숲을 지켜보고 있던 일비영 홍적산이 말했다. 석가장을 공격하기로 했던 오백의 병력에 대한 처리를 말하는 것이었다. 수라마군의 생사를 알 수 없는 지금 홍적산이 사실상 비영들의 좌장 역할을 했다.

"염려 마십시오. 따로 지시가 있기 전까지 귀신도 찾아낼 수 없도록 숨어 지내라 일러두었습니다. 한데, 어찌하여 석가장을 치지 않느냐고 백인장(百人長)들의 불만이 대단합니다."

공손아랑이 말했다.

"너희의 불만은 아니고?"

"그런 면이 없잖아 있지요."

공손아랑이 턱을 긁으며 답했다.

홍적산의 눈동자에서 대번에 살기가 뻗어 나왔다. 그는 모두를 쓸어보며 착 가라앉은 음성으로 말했다.

"주군께서 마도십병을 약속했다면 반드시 그리될 것이다. 혹여 딴마음을 품는 자가 있다면 주군께서 나서기 전에 내 손에 죽을 것인즉. 각별히 유념하라."

"다들 손이 근질근질한 듯해서 한번 해본 소리외다. 사실 대계를 세우고 난 후 지금까지 너무 시간을 끌었잖습니까."

"자만하지 마라. 살극달 하나를 상대하는 데 세 명의 동료가 중상을 입었다. 그러고도 그의 터럭 하나 건드리지 못했다는 걸 알아야지."

말끝에 홍적산은 뒤쪽으로 시선을 주었다.

멀지 않은 곳에 살극달과의 대결에서 중상을 입은 목추경, 맹조, 홍비쉬가 있었다. 수라마군과 살극달의 대결을 틈타 가까스로 그들을 빼내기는 했지만 문제는 지금부터였다.

어디를 어떻게 당했는지 목추경은 계속해서 피가 섞인 토악질을 해댔다. 맹조와 홍비쉬 역시 지독한 복통을 호소했다. 내상을 입은 것이다.

하지만 크게 염려할 필요는 없다.

머지않아 그들은 자리를 털고 일어날 것이다.

주군 수라마군이 전수해 준 활인구정(活人救精)의 신비로운 구결과 잠마신환(潛魔神丸)이라는 이름의 영단은 내상을 치료하고 원기를 회복하는 데 기이한 효험이 있었다.

문제는 영단을 복용하고 운기요상을 하기에 이곳은 그리 좋은 장소가 아니라는 데 있었다. 외인의 방해를 받지 않고 밤새 요상할 수 있도록 보다 안전한 곳으로 장소를 옮겨야 했다.

바로 그 안전한 곳으로 가는 도중에 석가장의 서쪽 숲에서 벌어지고 있는 때아닌 전투를 목격하게 된 것이다.

"시간이 없다. 서둘러라."

홍적산의 명령이 떨어지기 무섭게 세 명의 사내들이 목추경, 맹조, 홍비쉬를 부축했다. 한데 살극달과 손속을 겨루지 않았으면서도 초주검이 된 자가 한 명 더 있었다.

그에게는 부축을 해주는 사람도 없었다.

단지 두 손을 밧줄로 묶고 거칠게 잡아끌기만 할 뿐이었다. 양손을 묶인 채 몇 번이나 몸을 일으키다 맥없이 거꾸러지는 그는 한때 비영의 말석을 차지했던 구비영 엽사담이었다.

"이 간자 새끼가 어디서 엄살이야!"

퍽퍽 소리가 요란하도록 발길질이 가해졌다. 뼈와 급소를
용케도 피해 발길질을 가하는 사람은 팔비영 섭여의였다.

第五章
수라마군을 만나다

석단룡의 눈매가 가늘게 좁혀졌다.

혼세마왕과 조빙빙 일당을 추격했던 자들에 대한 보고를 듣고 난 후였다. 그는 직접 듣고도 자신의 귀를 의심할 수밖에 없었다. 수백 명이 포위를 하고도 어찌 단 네 명을 잡지 못했단 말인가.

예상이 틀리지 않다면 혼세마왕의 나이 올해 구순을 바라본다. 제아무리 무쌍의 무학을 지녔다고 해도 팔순을 넘기면 본원진기가 조금씩 빠져나가며 기력도 줄어들게 된다.

초식이 고명해지고 깨달음은 깊어질지언정 다수를 상대로

하는 전투에서는 힘이 달릴 수밖에 없다. 한데 그 미친 늙은
이는 여전히 펄펄 날아다녔다고 한다.

"서쪽 숲을 빠져나간 후 어둠을 틈타 시내로 스며든 것 같
습니다."

호법당주 조철건이 말했다.

"피해는?"

"귀갑철마대(鬼甲鐵馬隊)의 고수 이십오 명, 은살매적대(銀
殺梅笛隊)의 고수 삼십이 명, 천리추혼대(千里追魂隊)의 고수
삼십칠 명이 죽거나 다쳤습니다."

"무슨 보고를 그리 흐릿하게 하는가!"

"죄송합니다. 총 구십이 명의 사상자 중 삼십구 명이 죽고
오십삼 명이 중상을 입었습니다. 대부분 철구에 당한 터라 경
상은 없으며 사망자는 하루가 가기 전에 십여 명 정도 더 늘
어날 것으로 보입니다."

"상대는?"

"동악뇌성께서 쏜 화살에 혼세마왕이 상처를 입었습니다.
통인의 말에 의하면 화살을 맞는 순간 혼세마왕이 고꾸라졌
고 매상옥이라는 자가 부축을 해서 달아났다고 합니다. 도주
하면서도 혼세마왕이 계속 절뚝거렸다고 하니 간단치 않은
부상일 겝니다."

"일백에 육박하는 사상자를 낸 대가로 얻은 것이 고작 화

살 한 대란 말인가?"

"면목이 없습니다."

"동악뇌성은 어쩌고 있는가?"

"계속해서 혼세마왕을 추격하고 있습니다. 추격의 고삐를 죄고 있으니 날이 밝기 전에 잡을 수 있을 듯합니다."

석단룡은 다시 한 번 눈살을 찌푸렸다.

작전을 펼침에 있어 세 가지가 그의 예상과 어긋났다. 첫 번째는 혼세마왕을 놓친 일이었다. 그 늙은이의 무공을 낮게 평가한 건 아니었다. 동악뇌성 이종학의 무공을 높게 평가한 것도 아니었다.

애초 구패의 패주들로부터 병권을 넘겨받은 석단룡은 그가 할 수 있는 선에서 최대의 병력을 보내 혼세마왕과 그 일당을 척살하도록 했다.

그 수가 무려 오백, 더구나 석가장을 둘러싼 서쪽의 수림은 앞마당이나 다름없었다. 한데 놓쳤다. 놓쳤을 뿐만 아니라 무려 일백에 육박하는 사상자를 냈다. 그중 절반은 이미 죽었거나 죽을 것 같다고 한다.

이게 어디 인간의 무력인가.

구패의 패주 중 한 명만이라도 더 보냈다면 결과가 지금과는 달라졌을지도 모른다. 하지만 같은 상황이 벌어져도 석단룡은 똑같은 결단을 내렸을 것이다.

혼세마왕을 잡는 것보다는 수라마군을 잡는 것이 더 중요했고, 나아가 양주 곳곳에 침투해 있다는 수라마군 휘하 오백의 병력으로부터 석가장을 지키는 일이 시급했다.

하지만 어쩐 일인지 수라마군이 이끌고 왔다는 오백의 병력은 기척도 없었다. 정말 그들이 있기나 했는지, 잘못된 정보가 아닌지 의심이 들 정도로 말이다.

그게 석단룡의 예상이 빗나간 두 번째 사건이다.

"수라마군이 이끌고 왔다는 오백의 병력은 아직도 흔적을 찾지 못했나?"

"지금 양주는 용봉지연을 보기 위해 중원각처에서 모여든 무인들로 성시를 이루고 있습니다. 강호에 워낙 방대한 문파와 무인들이 있다 보니 색출하기가 쉽지 않습니다."

한마디로 낯선 자들이 있어도 수라마군의 수하라는 걸 밝힐 길이 없다는 뜻이었다. 내력을 추적하는 것도 소용이 없다. 강호에 얼마나 많은 무인군상이 있는데 그들의 신분을 무슨 수로 일일이 확인하겠는가.

"양주는 모두 봉쇄했겠지?"

"가주의 허락 없이는 개미 새끼 한 마리 빠져나갈 수 없을 겁니다."

물론 그럴 것이다.

용봉지연을 통해 수라마군을 잡겠다는 계획을 세웠을 때

부터 석단룡을 비롯한 구패의 패주들은 갖가지 상황을 생각한 다음 그에 맞는 대비책을 세웠다.

한 번의 실수가 돌이킬 수 없는 결과를 가져올지 모르기 때문이다. 천라지망을 펼쳐 양주 시내를 통째로 봉쇄한다는 것도 그런 계획의 일환이었다. 서른두 개 문파 삼천 명의 무인들이 동원된 천라지망의 방식은 이렇다.

우선 양주를 빠져나가는 모든 수로의 길목을 교룡방(蛟龍幇)의 배들이 지킨다. 이를 위해 통운관의 관리들을 매수했음은 물론 행여나 있을지 모르는 불상사를 피하기 위해 더 높은 직급인 지휘첨사에게도 막대한 자금이 들어갔다.

어쨌거나 수로는 교룡방이 완벽하게 제압했다.

그 외 관도와 소로, 그리고 길은 아니지만 유사시 얼마든지 양주를 빠져나갈 수 있는 일흔아홉 곳의 요처에 무인들을 배치했다.

그중 한 곳에서 우는 화살, 즉 명적(鳴鏑)이 울리면 반 각 내에 지원 병력이 당도할 수 있도록 동서남북의 사방에 각 일백씩 기마대도 주둔시켜 두었다.

만약의 경우 전투가 벌어지면 선발대가 추격해 시간을 끌고 본대가 출동해 적들을 섬멸하게 될 것이다. 양주는 순식간에 석단룡의 손아귀에 들어와 버렸다.

이렇게 양주 외곽을 철통처럼 둘러싼 사이 구패의 후기지수들은 각자의 가병을 이끌고 양주를 뒤지고 다닌다. 수라마군의 수하들을 색출해 처단하기 위해서였다. 혼세마왕과 그 일당은 특별히 동악뇌성 이종학의 차지였다.

"놈들은 어떤가?"

석단룡이 물었다.

수라마군과 살극달을 말하는 것이었다.

"아직 깨어나지 않았습니다."

"뇌옥은 안전하겠지?"

"염려 마십시오. 인간의 탈을 쓴 이상 탈출은 불가능합니다."

애초 석단룡은 수라마군과 살극달을 죽이려 했다. 살극달은 차치하고 수라마군 같은 요괴는 죽일 수 있을 때 죽여야 한다. 괜히 심문을 하겠다고 살려두었다가 무슨 봉변을 당할지 모른다.

한데 놀랍게도 그 인간들은 죽지 않았다.

이게 세 번째 빗나간 예상이었다.

세 번째 빗나간 예상은 앞서 두 번의 것과 달리 지금이라도 그것을 바꿀 수 있다. 잡히지 않았을 때야 그것들을 죽이는 것이 별을 따는 것만큼이나 어려웠지만 지금처럼 사로잡은 상태에서는 손가락 하나 까딱이는 것으로도 가능하다.

하지만 첫 번째 빗나간 예상과 두 번째 빗나간 예상 때문에 석단룡은 세 번째 빗나간 예상을 바로잡을 수가 없었다. 수라마군과 살극달이 살아 있어야 만약에 도래할지 모르는 최악의 순간에도 두 사람을 미끼로 오백의 병력과 검노 일당을 잡을 수 있기 때문이었다.

*   *   *

사방이 캄캄했다.

몸이 물먹은 솜처럼 무거웠다.

상처 입은 사지 곳곳에서 고통스러운 비명을 질러댔다. 살극달은 무언가 부자연스러운 느낌에 본능적으로 몸을 움직여 보았다.

철그럭!

팔이 움직이지 않았다.

다리도 움직이지 않았다.

살극달은 고개를 가로저어 질기게 달라붙는 졸음을 떨쳐 낸 다음 안력을 높였다. 칠흑처럼 캄캄한 가운데 주변의 경물이 하나둘씩 모습을 드러냈다.

뇌옥으로 보였다.

굵은 쇠창살이 한쪽 면을 차지하고 있는 뇌옥의 넓이는 대여섯 평, 살극달은 그 좁은 공간의 한쪽 벽면에 묶여 있었다.

활짝 벌린 팔과 목, 허리, 두 다리를 따라 암녹색을 띠는 정체불명의 쇠사슬이 묶여 있었는데, 그것들은 모두 제각각 벽면 깊숙이 박힌 쇠말뚝과 또다시 연결되어 있었다.

살극달은 두 팔을 힘껏 당겨보았다.

철그럭대는 소리가 다시 한 번 울렸지만 어쩐 일인지 쇠말뚝은 꿈쩍도 하지 않았다. 쇠사슬 역시 기음을 토하며 팽팽하게 당겨졌지만 끊어질 기미는 없었다.

살극달은 내력을 더욱 끌어올렸다.

온몸의 힘줄이 툭툭 불거지고 쇠사슬은 활시위처럼 팽팽해졌지만 도무지 옴짝달싹할 수가 없었다. 평범한 쇠사슬이 아니었다.

"소용없어."

낯익은 목소리에 고개를 들어보니 맞은편 벽에 한 사람이 자신과 똑같은 모습으로 매달려 있었다.

수라마군이었다.

신령스럽기까지 하던 그의 은발 머리카락은 산발로 풀어졌고, 너덜너덜해진 옷자락 사이로 수많은 상처가 보였다. 그 중 일부는 그물코에 달린 갈고리 때문이지만 대부분은 칼처럼 날카로운 대리석 조각에 찢긴 상처였다.

불사의 존재인 그도 유성우처럼 쏟아지는 십만 근의 대리석 조각으로부터 무사할 수는 없었나 보다. 그나마 목숨을 부지할 수 있었던 것도 구백 년에 육박하는 내공이 있기 때문일 것이다. 만신창이가 된 것은 살극달 역시 마찬가지였다.

"얼마나 이러고 있었지?"

살극달이 물었다.

"삼경이 깊었을 거야."

해가 쨍쨍할 때 함정에 빠졌으니 삼경이 깊었다면 정신을 잃고도 한나절이 지났다는 얘기다.

"생각보다 오래 정신을 잃었군."

살극달은 비무대가 사라지던 순간을 떠올렸다.

기관함정의 이름은 만겁윤회로였다.

새가 내려앉았다가 떠나기를 반복하여 바위산 하나가 모두 닳아 없어지는 시간을 일겁이라 말한다. 그런 식으로 만겁이면 사실상 무한의 시간을 말함인데, 여기에 윤회라는 말까지 덧붙였으니 한 번 빠지면 절대로 헤어나올 수 없다는 수사적인 표현도 이 정도면 가히 최고라고 할 만하다.

이름이야 다소 과장되었을지 몰라도 만겁윤회로는 확실히 대단했다. 한나절 전 수라마군과 함께 그물에 걸린 살극달은 곧장 비무대 아래로 떨어졌다. 수직으로 뚫어서 만든 동부는 깔때기처럼 아래로 갈수록 좁아졌다.

그물에 걸린 상태에서 몸을 제대로 펼 수 있을 리 만무했다. 벽면의 돌출된 바위에 몸의 여기저기를 부딪치고 찢기기를 한참, 갑자기 폭 십여 평 정도의 수직 동부가 이어졌다.

그렇게 삼십여 장을 떨어졌을 무렵, 두 사람은 마침내 바닥이랄 수 있는 것을 만났다.

그건 물이었다.

폭은 대략 십여 평으로 좁아진 상태였다.

삼십여 장을 낙하한 속도에 강철그물의 무게까지 더해진 바람에 두 사람은 곧장 물속으로 가라앉을 수밖에 없었다.

하지만 끝이 아니었다.

혼란한 와중에도 그물을 벗어나기 위해 수중에서 발버둥을 치고 있을 때 이번에는 하늘로부터 무수한 대리석 조각들이 떨어져 내렸다.

살극달은 그 대리석 조각의 출처를 알고 있었다. 비무대를 둘러싸고 있던 삼 장 높이의 외벽이었다. 비무대의 바닥이 사라지는 순간 누군가 그걸 폭파시켰고, 사방 백여 평을 둘러싸고 있던 엄청난 양의 대리석은 곧장 이곳 지하 동부로 낙하했다.

그물에 갇히고, 물에 빠지고, 하늘에서 떨어지는 십만 근의 대리석 세례를 맞고도 살아남는 자가 있다면 과연 인간이라 할 수 있을까?

살극달은 그 길로 정신을 잃었다.

그리고 깨어나 보니 지금 이곳 뇌옥에서 온몸을 쇠사슬에

묶인 채 매달려 있었다. 적들이 의도를 했는지 모르지만 바닥
에 고인 물이 떨어질 때의 충격과 대리석의 충격을 완화해 준
모양이었다. 만약 물이 아니라 딱딱한 땅이었다면 살극달과
수라마군은 대리석에 깔려 지금쯤 형체조차 찾아볼 수 없었
을 것이다.

그러다 문득 떠오른 생각이 있었다.

'함정이 달라졌어.'

애초 살극달은 석단룡과 함께 비처에 만들어진 또 다른 만
겁윤회로를 보았었다. 그때 보았던 만겁윤회로는 연무장에
설치된 실제의 그것보다 얕았고, 대리석 단을 폭파시킬 거라
는 얘기도 없었다. 석단룡은 처음부터 모든 걸 보여줄 생각이
없었다.

"애석하게 됐군."

살극달이 말했다.

물론 수라마군을 향한 것이었다.

"꼴사납게 됐지."

수라마군이 말을 받았다. 그는 잠시 사이를 두었다가 한마
디를 더 보탰다.

"날 유인했지?"

"나도 널 잡기 위한 미끼가 될 줄은 몰랐다."

"나는 그렇다고 쳐도 너는 왜 잡힌 거지?"

"그들의 약점을 알고 있었거든. 이렇게 되고 보니 아무래도 살려두기엔 위험하다고 판단한 모양이군."

"석단룡, 그 꼬마가 제법 머리를 굴릴 줄 알지."

"꼬마?"

"그럼 늙은이라고 부를까?"

살극달은 피식 웃고 말았다.

몇 세기를 살아온 자신들이다. 이제 팔순을 바라보는 석단룡이 까마득한 꼬마로 보이는 건 당연했다.

"넌 얼마나 살았나?"

살극달이 물었다.

"글쎄. 언제부턴가 나이를 세지 않게 되었지. 그게 무슨 의미가 있겠어."

"중원무림인들은 너를 구백 년 정도 산 요괴로 알고 있더군."

이번엔 수라마군이 피식 웃었다.

"구백 년 전의 세상은 어땠나?"

살극달이 묻자 수라마군은 잠시 상념에 잠긴 듯했다. 호수에 잠기는 새벽별처럼 아스라한 표정을 짓던 그가 천천히 입을 열었다.

"전쟁의 시대였지. 곳곳에서 왕을 자처하며 일어난 자가 열여섯 명이나 됐어. 전쟁은 무려 백 년간이나 지속됐다. 많은 사람이 죽었다. 그 후로도 크게 달라진 건 없지만."

"네가 다른 사람들과 다르다는 걸 언제 알았나?"

"까마득한 시절을 묻는군."

"시간과 상관없이 잊히지 않는 기억도 있지. 내겐 그때가
그랬다. 다른 사람들과 다르다는 걸 알게 되었을 때."

"쉰 살 무렵이었나. 어느 날 보니 사람들이 나를 요괴라며
두려워하고 있더군. 그러다 아내가 죽고 아이가 죽고, 그때부
터 난 십 년마다 한 번씩 살던 곳을 옮겨야 했다."

"아이가…… 있었나?"

"지금은 얼굴도 생각나지 않아. 까마득한 옛날 그랬던 적
이 있었다는 것만 기억날 뿐. 마치 남의 일처럼 말이지."

잠시 어색한 침묵이 흘렀다.

사람들은 자신과는 다른 이형(異形)의 존재에 대해 본능적
인 두려움을 갖는다. 하면 그 이형의 존재는 어떨까?

자신이 다른 사람들과 다르다는 것을 깨닫는 순간 느끼는
공포와 상실감, 그리고 외로움은 상상조차 할 수가 없다. 살
극달은 수라마군이 느꼈을 그 오래된 감정들을 뼛속까지 이
해할 수 있었다.

"오랜 세월 너를 찾아다녔다. 북해의 동토에서부터 흑안귀
들이 사는 바다 건너 열사의 땅까지. 무려 칠백 년 동안이
나."

"나도 그랬던 적이 있었지."

"중원무림인들을 상대로 비무행을 했다고 들었다. 그들에게서 무언가를 얻기 위해서가 아니었나?"

"신(神)을 만나고 싶었다."

"신?"

"내가 있다면 나를 만든 이도 있을 터, 그들이 왜, 무슨 이유로 나를 만들었는지 알고 싶었다."

"왜 하필 비무행인가?"

"무엇이든 인간 한계를 넘어서까지 파고들다 보면 언젠간 신을 만나게 될 거라 생각했다. 난 무공을 택했다."

"만류귀종(万流歸宗)."

"제아무리 수명이 길다고 해도 밤하늘의 별만큼이나 많은 사람의 지혜를 모두 이길 수는 없다. 해서 인간 한계를 초월해 입신지경에 든 고인 있다는 소문을 들으면 흑백을 가리지 않고 찾아다녔다. 그 과정에서 불상사도 많이 일어났지."

"문파를 박살 낸 적도 있다던데."

"끈질기게 나를 추격해 왔으니까."

"어째서지?"

"너라면 알 텐데."

수라마군은 고개를 들어 살극달을 바라보았다.

살극달은 자신의 질문이 잘못되었음을 인정하지 않을 수

없었다. 살극달 역시 한 문파를 박살 낸 적이 있었다.

대저 문파라는 단체에 속한 자들은 작은 은원도 그냥 넘어가는 법이 없었다. 원수를 갚지 않으면 명예에 치명적인 타격이라도 입는 것처럼 끈질기게 복수를 하려 들었다.

살극달의 무공이 낯설고 기괴하다는 이유로 마두(魔頭)라는 멍에도 씌워졌다. 그때부터는 중원무림의 공적이 되어 수많은 문파와 소위 협객이라는 자들이 가세했다.

어쩔 수 없었다.

은원의 연결고리를 끊기 위해서는 추격해 온 자들 모두를 몰살하고 조용히 은거하는 수밖에. 칠백 년의 세월 동안 그런 일을 몇 번이나 겪었다. 수라마군은 직접 찾아다니며 비무행을 했으니 아마도 더 했으리라.

"그래서 신은 만났나?"

살극달은 마치 저 자신의 일처럼 궁금했다.

수라마군은 잠시 사이를 두었다가 대답했다.

"아니."

살극달은 저도 모르게 실망스런 표정을 지었다.

"하지만 신들의 영역을 보았지."

"신들의… 영역?"

"나는 나의 마지막 순간을 보았다."

"……?"

의미를 알 수 없는 말이었다.

살극달이 궁금한 표정을 지었지만 수라마군은 더 설명할 생각이 없는 것 같았다. 말 그대로 해석을 해서 자신이 죽는 순간을 내다볼 수 있다면 범부들은 상상할 수 없는 예지력이긴 하다.

그래서 뭐 어쨌단 말인가.

살극달은 실망했다.

수라마군을 만나면 무언가 실마리가 잡힐 줄 알았다. 얼마나 더 살 수 있는지, 사람인지 요괴인지, 심지어 죽기나 하는 건지. 한데 살극달보다 훨씬 오래 산 수라마군조차도 아직 그 비밀을 풀지 못한 것 같았다. 살극달은 불현듯 맥이 풀리며 온몸의 기가 한 줌도 남김없이 모두 빠져나가 버리는 것 같았다.

"곰곰이 생각해 보면 난 처음부터 내가 무엇인지 알고 있었던 것 같다. 그건 너도 마찬가지야."

"무슨 뜻인가?"

"요괴, 괴물, 돌연변이……. 세상엔 우리를 지칭하는 말들이 이미 충분히 있다. 하지만 인정하고 싶지 않았던 게지. 나도 다른 사람들처럼 인간이고 싶은 마음에."

어쩌면 수라마군의 말이 맞을지도 모르겠다.

인간이면서 인간이 아닌 존재가 자신의 정체성을 찾으면

결국 인간이면서 인간이 아니다로 끝나지 않겠는가. 갑자기 모든 것이 부질없고 허망하게 느껴졌다.

"아주 소득이 없었던 건 아니었다."

"……?"

"내가 혼자가 아니라는 걸 알아냈거든. 물론 너를 알기 전에."

"우리와 같은 존재가 또 있단 말인가?"

수라마군은 기억을 더듬느라 또다시 아스라한 눈동자를 만들었다.

"칭기즈칸이 대제국을 건설할 때였지. 그때 나는 요동을 지나고 있었는데 사람들로 북적이는 성시(城市)에서 그녀를 처음 만났다."

"그녀?"

"여자였다."

살극달은 가슴이 뛰었다.

수라마군의 말이 이어졌다.

"멀리서 스치듯 보았지만 우리는 첫눈에 서로가 같은 존재라는 걸 알아차렸다. 너와 내가 천년부호에서 만났을 때 본능적으로 서로를 알아본 것처럼."

"그래서, 그래서 어떻게 되었나?"

살극달은 수라마군을 처음 만났을 때보다 더 흥분했다. 두

눈박이들이 사는 마을에 한 명의 외눈박이가 산다면 외눈박이가 비정상이지만, 외눈박이가 사는 마을에 한 명의 두눈박이가 산다면 두눈박이가 비정상이 된다.

자신과 수라마군 외에도 또 다른 불사의 존재가 있다면 정체성에 좀 더 가까이 다가갈 수 있을지 모른다.

게다가 여자라지 않은가.

남자와 여자가 모두 있다면, 그래서 생식이 가능하다면 요괴나 돌연변이가 아니라 단지 희귀하기만 할 뿐인 하나의 종족(種族)인지도 모른다. 독특한 외모를 가진 수많은 이민족이 존재하는 것처럼 신비로운 체질을 가진 또 다른 부족이 존재하지 말란 법이 없었다.

"서둘러 뛰어갔지만 놓치고 말았다. 때마침 관군들이 나타나 그녀를 추적했거든. 훗날 알게 됐지만 그녀는 해동에서 잡혀온 포로로 탈출을 한 상태였다. 난 백방으로 수소문한 끝에 그녀가 끝내 잡히지 않았다는 걸 알아냈고, 그때부턴 그녀가 고향으로 돌아갔을 거라는 판단하에 바다를 건너 해동으로 갔다. 그리고 그녀를 찾아 해동을 모두 뒤졌지. 다시 만나기까지 무려 백 년이 걸렸다."

"만나서 무얼 했나?"

"얘기를 나눴다. 반나절 동안. 그리고 그녀는 자신의 세상으로 돌아갔지."

"어째서?"

"남편과 아이들이 있었다."

"결혼을… 했다고?"

"아홉 번째 결혼이라고 하더군. 그녀는 우리처럼 십 년마다 살던 곳을 옮기지도 않았다. 세대를 넘길 때마다 착하고 성실한 남편과 어여쁜 아들과 인적이 드문 곳에서 해로하며 살았다더군. 남편과 아이가 늙어 죽는 걸 지켜보면서 말이야."

살극달은 잘 이해가 되지 않았다.

사랑하는 사람들이 늙고 병들다가 결국엔 죽어가는 모습을 지켜보는 일은 살극달에게 필설로 형용할 수 없는 괴로움이었다. 그래서 언젠가부터 감정이 마르게 됐다. 그건 살아남기 위한 일종의 본능 같은 것이었다. 그래야 견딜 수 있으니까.

"우리와는 다르군."

"달랐지. 그녀는 우리처럼 자신의 운명을 두려워하지 않았다. 있는 그대로를 받아들이고 배우자와 아이들을 이해시켰으며 그 나름 행복했다. 지극히 인간다운 삶이었지."

살극달은 망치로 뒤통수를 맞은 것 같았다.

장구한 세월을 살아오면서도 내내 잃는 것을 두려워만 했지 사랑할 줄 몰랐다. 그걸 천형이고 업보라고 여기며 살았다. 한데 그녀는 자신의 운명에 용감하게 맞서며 살았다. 다른 보통 사람들처럼.

"그리고 어떻게 됐나?"

"그 후로는 보지 못했다. 난 오랜 방황에 종지부를 찍고 한곳에 뿌리를 내리기로 했다. 그녀를 닮으려는 건 아니었어. 다만 나만의 방식으로 평범한 인간이길 원했지."

옛날 생각이 나는지 수라마군은 잠시 사이를 두었다가 다시 말을 이었다.

"대륙의 서북쪽 오지에 초옥을 짓고 농사를 지었는데 어떻게 알았는지 그동안 비무행을 하면서 만났던 자들이 하나둘씩 찾아오더군. 언제나 그랬던 것처럼 말이지. 나도 너는 도망가지 않았다. 사람들은 점점 많아졌다. 무리 중 뛰어난 지혜를 가진 이가 그동안 내가 했던 말들을 바탕으로 몰려든 사람들을 통제할 수 있는 율법과 가르침을 만들었다. 그렇게 십 년이 흐르자 사람들은 나를 신처럼 추앙하고 있더군."

"백백교(魄魄敎)의 탄생이군."

수라마군은 웃었다.

살극달도 웃었다.

중원무림을 공포로 몰아넣은 대마종의 탄생 설화치고는 너무나 어이없기 때문이었다.

하지만 충분히 이해할 수 있었다.

평범한 사람들에게 방대한 양의 지혜를 지니고 영생을 사는 수라마군은 신처럼 보였을 것이다. 속세와의 인연을 끊고 평생을 심산에 홀로 은거할 작정이 아니라면, 어쩌면 그것이 수라마군과 살극달에게 주어진 가장 어울리는 삶이자 운명일지도 모른다.

"아이들이 태어나고 살림이 불어났다. 누구도 나를 요괴라고 부르지도 않고 두려워하지도 않았다. 처음으로 느껴보는 평온한 일상이었다. 행복했느냐고 묻는다면 아니라고 하겠다. 그런 인간적인 감정을 느낄 만큼 삶에 대한 열정이 있지는 않았거든. 다만 그 평온함은 깨고 싶지 않았다. 평온함은 지속되었다. 그때 그 일이 있기 전까지는……."

"백백궁의 혈사."

"나와 사내들이 오천의 중원무림인을 상대로 교전을 벌이고 있을 때 석단룡과 그 무리는 여자와 아이들이 숨어 있는 비원을 찾아냈다. 그리고 십병이 있는 곳을 대라며 여자와 아이들을 닥치는 대로 죽이고 겁박했다. 십병을 손에 넣은 후에는 자신들의 패악을 감추기 위해 단 한 명도 남기지 않고 모조리 죽였다."

"……!"

석단룡이 얘기했던 것과는 많은 부분에서 달랐다. 이건 어느 쪽의 입장에서 보느냐에 따라 달라지는 문제가 아니었다.

"몇 명이나 죽였지?"

"몇 명? 너는 숫자에 따라 가치를 달리하는가?"

수라마군이 돌연 살벌한 시선으로 살극달을 쏘아보았다. 살극달은 그 눈을 똑바로 보며 말했다.

"전쟁이었으니까. 전쟁이란 그런 것이다. 너무나 잘 알지 않나?"

"그날 죽은 여자와 아이는 오백스물한 명이었다. 이제 만족하나?"

수라마군은 죽은 사람의 숫자를 한 명 단위까지 기억하고 있었다. 행복하지 않았다는 말과는 달리 얼마나 애착을 가졌는지를 알 수 있는 대목이었다. 하긴, 어찌 보면 행복과 애착은 같은 말이 아닐지도 모른다.

"엽사담이 말한 오백의 병력과 관련이 있나?"

수라마군은 살극달의 질문에 대답하지 않았다.

하지만 살극달은 수라마군이 거짓을 말하고 있지 않음을 알 수 있었다. 그건 평생을 요괴로 살아온 사람들끼리만 알 수 있는 직관이자 통찰이었다.

"비무대에 오를 것이라고 한 게 그 얘기였군."

"무슨 뜻이지?"

"석단룡은 네가 반드시 비무대에 오를 것이라고 했다. 난 그의 그런 확신을 납득할 수가 없었다. 결국 너와 구패의 패주 사이에 내가 모르는 무언가가 있다는 얘긴데, 그게 너로 하여금 비무대에 오르도록 만들 것이라고 막연하게 생각했지. 너는 패주들의 혈족을 죽여 같은 아픔을 느끼게 해주고 싶었던 게 아닌가?"

수라마군은 어느새 살기를 거두고 조용히 웃었다.

"하지만 이해가 되지 않는 게 있다. 너라면 그들의 생각을 예측 못했을 리 없을 텐데, 왜 비무대에 올랐나?"

"어째서 그렇게 생각하지?"

"기관은 특정한 기를 뽑으면 발동되게 되어 있었다. 그들은 네가 나타나 누군가를 쓰러뜨리고 나면 홀로 비무대에 남게 되는 상황을 노렸다. 한데 너는 나타나지 않았다. 대신 강철투구인이 나타나 무려 일곱이나 되는 후기지수들을 초주검으로 만들어놓았지. 네가 나타나지 않았으니 그들은 계속해서 도전할 수밖에 없었다. 그리고 네가 적들에게 사로잡혔는데도 엽사담이 말한 오백의 고수들은 나타나지 않았다."

"무슨 말을 하고 싶은 건가?"

"너는 함정이 있다는 걸 알고도 올라왔다. 왜지?"

"네가 나를 유인하지 않았던가?"

"일부러 함정에 빠졌다는 말인가?"

수라마군은 또 웃었다.

살극달의 눈매가 가늘게 좁혀졌다.

"왜지?"

"너에게 보여주고 싶었기 때문이다."

"무얼 말인가?"

"지금의 이 상황."

"지금의 이 상황?"

"그들이 단지 자신들의 추한 모습을 들켰기 때문에 너를 사로잡았다고 생각하나?"

그 순간, 뇌옥의 입구가 밝아지는가 싶더니 횃불을 든 장한들 사이로 한 사람이 모습을 드러냈다. 강건한 턱 선과 고집스럽게 뻗은 콧마루, 그리고 치렁한 눈썹 아래 자리 잡은 호안(虎眼)이 인상적인 은발의 노인 하일검제 석단룡이었다.

*　　　*　　　*

석가장의 서쪽 숲을 빠져나가 양주 시내로 접어든 검노 일행을 막아선 것은 물길이었다. 양주 땅에서는 강남의 물도랑만큼 많은 것이 수로인지라 도주를 하는 동안에도 수차례 수로를 건넜지만 이번엔 달랐다.

그건 경향운하였다.

달리 대운하라고도 불리는 경향운하는 어지간한 강에 육박했다. 본시도 강이었지만 바다로부터 온 큰 배가 동시에 드나들 수 있도록 제방을 쌓고 폭을 넓힌 까닭이다.

뒤에는 추격자들, 앞에는 운하가 버티고 섰으니 그야말로 사면초가였다. 이러지도 못하고 저러지도 못하고 발만 동동 구를 때 매상옥이 지닌바 재주를 발휘했다.

꼼짝없이 잡힐 수밖에 없는 그 상황에서 매상옥은 용케 은신할 수 있는 장소를 찾아냈다. 그건 흙을 쌓아 만든 해자에 생긴 작은 홈이었다.

바다가 멀지 않다 보니 수서호에는 상시 바람이 거세고 파도가 높았다. 파도가 만들어낸 강변의 처마 같은 호(壕)는 겨우 비를 피할 만큼 좁았지만 대신 좌우로 길었다.

네 사람은 바로 그 호 밑에서 등을 바짝 붙인 채 숨을 죽였다. 언제까지 이렇게 있을 수도 없는 노릇인지라 꽁무니까지 따라붙던 추격자들만 따돌리면 몸을 빼 좀 더 안전한 곳을 찾기로 의견의 일치도 보았다.

하지만 웬걸, 시간이 지날수록 강변에는 점점 더 많은 숫자의 무인들이 나타났다. 곳곳에 횃불이 밝혀지고 강에도 수없이 많은 배가 떴다. 적들이 강을 통째로 장악해 버린 것이다.

엎친 데 덮친 격으로 한밤중에 칼 든 무림인들이 살벌하게 달리자 달구경을 나왔던 양민들은 악동을 만난 게처럼 자취를 감추어 버렸다.

이제 강변을 돌아다니는 사람들은 칼 든 무림인들밖에 없었다. 이런 상황에서 몸을 뺐다간 반 각도 지나지 않아 곳곳에서 명적(鳴鏑)을 울려댈 것이다.

그렇게 반나절이 지났다.

머리만 내놓고 몸의 대부분을 물속에 담근 채 반나절을 버티다 보니 목과 머리통을 제외하고는 온몸이 퉁퉁 불었다.

까짓 몸이 불어난 것까진 참을 수 있다.

하지만 격전을 치르는 동안 사람들은 몸 곳곳에 크고 작은 상처를 입었고, 그것 때문에 피가 흐물흐물 퍼져 나가는 건 심각한 문제였다.

임시변통으로 위치를 바꿔가며 점혈을 하긴 했지만 그것도 오래되다 보니 이제 몸 여기저기서 마비가 왔다. 이러다간 잡혀 죽기 전에 출혈로 죽을 판이다.

"좀 어떻습니까?"

그래도 사부라고 매상옥이 슬그머니 검노의 안부를 물었다. 검노는 지금 엉덩이에 화살 한 대를 박고 있었다. 정면 승부를 보지 않고 숨게 된 결정적인 이유가 바로 이것 때문이었다.

처음 맞았을 당시에는 지혈할 시간이 없어 화살을 뽑지 않았다. 지금은 시간이 넉넉했지만 물속에 몸을 담근 상태라 화살을 뽑을 수가 없었다. 그랬다간 출혈이 급속도로 진행될 것이기 때문이다.

어찌어찌하여 혈도를 짚고 금창약을 발라 상처의 틈새를 막기는 했지만 이제는 그마저도 한계에 다다른 듯싶었다.

"네놈도 엉덩이에 화살을 꽂아보련?"

검노가 눈알을 희번덕거리며 말했다.

"전 단지 걱정이 되어서 드린 말씀입니다."

"좋아하지 마라. 이 정도로 죽을 내가 아니다."

"그렇다면 다행이고요."

"그놈 이름이 이종학이랬지?"

"……?"

"내 엉덩이에 화살을 박은 놈 말이다."

"삼랑시(三破矢)를 쓸 수 있는 괴물은 하늘 아래 동악뇌성 이종학밖에 없습니다. 신비루의 루주이면서 천하제일의 궁사이지요. 구패의 일패주이기도 하고요."

삼랑시는 세 발의 화살을 연속적으로 쏘는 것을 말한다. 한 발을 쏘고 또다시 한 발을 쏘는 연사와 달리 삼랑시는 하나의 시위에 세 발의 화살을 동시에 걸어 쏜다.

하지만 화살대의 굵기와 깃의 모양을 다르게 하여 날아가는 속도에 차이를 두는데, 이렇게 되면 세 발의 화살이 한 발의 소리를 내며 동시에 날아간다. 다시 말해 첫 번째 화살 뒤에 두 번째 화살이 숨고, 두 번째 화살 뒤에 세 번째 화살이 숨는다.

간단한 경지가 아니다.

당하는 입장에선 용케 첫 번째 화살을 튕겨낸다고 해도 두 번째 화살이 기다리고 있다. 무예가 출중하여 두 번째 화살을 벼락처럼 떨쳐 냈다고 하더라도 세 번째 화살이 기다리고 있다.

안력과 기감이 뛰어난 자라면 두 번째 화살까지는 예측할 수 있어도 세 번째 화살까지 예측한다는 건 어불성설이다. 그런 경지의 궁술을 지닌 자가 아직은 없었기 때문이다.

"내 반드시 그놈을 씹어버리겠노라!"

검노가 어금니를 빠드득 갈면서 말했다.

그럴 만도 했다.

두 발을 쳐내고 세 번째 화살이 엉덩이에 꽂히는 순간 검노는 구십여 년을 살아오면서 한 번도 느끼지 못한 극통을 느꼈다.

어찌나 강맹했는지 화살촉이 뼈를 파고든 탓이다. 한순간 온몸의 신경이 마비된 검노는 조빙빙 등이 보는 앞에서 꼴사납게 고꾸라졌다.

뒤늦게 실태를 깨닫고 발작적으로 일어나기는 했지만 한쪽 다리의 마비가 풀리지 않은 탓에 매상옥의 부축을 받으면서도 절름발을 치며 달아나야 했다. 천만다행으로 신경은 다시 돌아왔지만 지금도 그때를 생각하면 피가 거꾸로 솟는 것 같았다.

"그것보다 언제까지 이러고 있을 수는 없잖아요. 몸이 부니까 곳곳이 간지러워 죽겠어요."

장자이가 말을 하며 허벅지며 가슴을 벅벅 긁어댔다.

"나라고 이러고 있고 싶을쏘냐?"

검노도 말을 하면서 배를 벅벅 긁었다.

"무작정 모른다고만 할 게 아니라 대책을 강구해야죠."

"내가 왜?"

"지금은 선배께서 우리의 좌장이시잖아요."

그 말에 흡족한 듯 검노의 입가에 슬그머니 미소가 맺혔다. 하지만 그것도 잠시, 검노가 와락 인상을 구기며 말했다.

"네년이 언제부터 나를 좌장으로 대접해 줬다고."

"제 말이 좀 거친 건 저도 알아요. 하지만 맹세코 노선배를 가볍게 본 적 없어요. 천하의 누가 혼세마왕을 그렇게 볼 수 있겠어요?"

검노가 장자이를 물끄러미 응시하다가 말했다.

"무슨 꿍꿍이냐?"

"꿍꿍이라뇨. 그런 거 없어요."

"어린 녀석이 머리를 너무 굴리다 보면 제명에 못 죽는 수가 있어. 빙빙 돌리지 말고 그냥 쏴."

장자이는 잠깐 눈치를 보는 듯하더니 이윽고 입을 열었다.

"실은 제게 묘안이 하나 있는데."

"그러니까 그게 뭐냐고?"

"우선 오공녀와 제가 여길 빠져나가는 거예요. 그리고 각자 다른 방향으로 달려 놈들을 유인하는 동안 뚱보와 노선배께서 안전한 곳으로 몸을 빼는 거죠."

"왜 하필 너와 오공녀야?"

매상옥이 퉁명스럽게 말했다.

"오공녀와 내가 제일 멀쩡하잖아. 게다가 우리 넷 중엔 내가 발이 제일 빠르고."

"그게 아니겠지. 도망가고 싶은데 혼자 가면 욕먹을 것 같고, 그래서 덤으로 오공녀를 같이 엮은 거겠지."

"너는 머리를 중심 잡으려고 달고 다니냐. 유인을 하겠다는 말 못 들었어? 지금 나가면 놈들의 시선이 우리 두 사람에게 쏠릴 건 뻔하잖아."

"네가 튀어 나가면 우리의 위치가 발각되는 것도 시간문제야. 네 명이 숨었는데 두 명만 나왔어. 놈들이 남은 두 명을 가만 둬둘 것 같아?"

"그럼 어쩌자고!"

"나도 방법이 없으니까 이러고 있는 거 아냐!"

"두 사람 모두 입 닥쳐. 여기 숨어 있다고 광고할 일 있어."

검노가 으르렁거려 두 사람의 입을 막았다.

그리고 조빙빙에게 물었다.

"넌 아까부터 뭘 그렇게 보고 있느냐?"

"저기 저 배 말이에요."

사람들의 시선이 모두 조빙빙의 시선이 머무는 곳으로 향했다. 강의 중심에 정박해 있는 커다란 배는 이레 전 양주로 들어올 때 곤욕을 치렀던 통운관의 관선이었다.

"배가 왜?"

"이곳 통운관의 관선은 남경의 황궁에서 직접 관리를 파견해요. 무력도 무력이지만 그 위세가 대단하여 제아무리 무림인이라고 하더라도 함부로 다룰 수가 없죠."

"그래서."

"특히 지금 운하를 봉쇄하고 있는 배는 모두 교룡방의 배들이에요. 운하에 기생하여 사는 교룡방의 입장에선 통운관의 관리들만큼 어려운 자들이 없죠. 일종의 공생이면서도 깊은 내막을 따지고 보면 천적관계라고나 할까?"

"당최 무슨 말을 하려는지 모르겠군."

"통운관의 관선은 지금 운하에 떠 있는 배들 중 유일하게 교룡방의 힘이 미치지 않는 배라는 얘기예요. 아니, 미치기는 미치되 함부로 할 수는 없죠."

"으음……."

검노가 과연 그럴듯하다는 듯 고개를 끄덕였다.

"석가장의 위세를 빌려 한 번은 조사를 했을 수 있어요. 하지만 매시마다 거듭 찾아가서 배를 검색할 수는 없어요. 그럴 이유도 없고요."

"결론은?"

"우리가 저 배를 접수하면 어때요?"

"미쳤어요? 관선을 건드렸다간 무슨 후환을 당할 줄 알고요."

장자이가 뾰족하게 말했다.

"그건 장자이의 말이 맞습니다. 후환도 후환이지만 관선에 타고 있는 군졸의 숫자가 만만치 않을 겁니다. 못해도 삼사십은 될 걸요. 게다가 석가장이 힘을 쓴 탓인지 지금은 통운이 금지된 것 같습니다. 이런 경우 군졸들은 대개 모선(母船)에 모여 있지요."

매상옥이 말했다.

싸울 때는 싸우더라도 옳다 싶으면 언제든 장자이의 편을 들어줄 수 있는 배포가 그에게는 있었다.

"그래서 하는 말이에요. 자선(子船)에 나눠 타고 있다면 애초부터 이 계획은 성사될 수 없어요."

"외람된 말씀이지만 그건 정말 멍청한 짓입니다. 전투가 벌어지고 소란이 일어나면 놈들이 명적을 울릴 거예요. 그럼 무림인들이 새까맣게 몰려올 겁니다. 강 한가운데인지라 달아날 곳도 없습니다. 기습의 제일 원칙은 퇴로를 확보하는 겁니다."

매상옥은 살수였던 경험을 토대로 강력하게 반대의견을 주장했다.

"노선배도 그렇게 생각하세요?"

말과 함께 조빙빙이 검노를 바라보았다.

장자이와 매상옥이 뜨거워진 표정으로 검노를 바라보았다. 싸움을 좋아하는 이 무모한 인사라면 정말 하자고 할지도 모른다는 예감이 들었기 때문이다. 불길한 예감은 언제나 잘 들어맞는다.

"본시 무식한 방법이 단순명쾌한 법이지. 매상옥, 철구나 강변에 잘 숨겨둬라."

第六章
적과 조우하다

"육십 년 만의 해후인가?"

굵은 쇠창살을 사이에 두고 석단룡이 말했다.

"많이 늙었구나. 석단룡."

수라마군이 말했다.

외견상으론 손자뻘이라고 해도 믿을 그가 천하삼대 검객
중 한 명인 석단룡을 아랫사람 대하듯 당당하게 말하는 모습
이 살극달의 눈에는 사뭇 어색했다.

"감개무량하군. 구백 년 동안이나 중원무림의 골칫덩어리
였던 요괴를 내 손으로 잡는 날이 오다니."

수라마군은 '훗' 하고 실소를 흘렸다.

그의 모습 어디에도 포로로 잡힌 사람의 두려움 따위는 보이지 않았다.

"오백의 병력을 끌고 왔다는 걸 알고 있다. 그들은 지금 어디에 있지?"

"아직 찾지 못했나 보군."

"네가 우리의 수중에 있는 이상 그들은 오합지졸에 불과하다. 석가장에만 해도 일천에 이르는 대병력이 포진하고 있지. 그 두 배에 이르는 숫자는 양주 전역을 봉쇄하는 한편 시내 곳곳을 뒤지고 있다. 이런 상황에서 도발을 한다는 건 그야말로 섶을 지고 불속에 뛰어드는 격이다. 아직도 너의 수하들이 복수해 줄 것이라고 생각하나?"

"한데 왜 두려워하지?"

"그렇게 보였다면 안타깝군. 난 단지 현실을 직시하라고 말하고 있을 뿐이다. 너의 잔당들은 머지않아 뿌리를 뽑힐 것이고, 너 또한 남은 목숨이 길지 않다. 구백 년이란 삶의 종지부를 찍는 것은 어떤 기분일지 궁금하군."

"본인은 천년만년 살 것처럼 말하는군."

살극달이 말했다.

석단룡의 시선이 좌측에 있는 살극달을 향했다.

살극달의 말이 이어졌다.

"그렇게 말을 하는 당신도 내 보기엔 수명이 십 년이 채 남지 않은 것 같다. 어쩌면 누군가에 의해 더 단축될지도 모르지."

석단룡은 하얀 이가 드러나도록 미소를 지은 후 말했다.

"훌륭한 무공이었네. 자네의 도움이 없었다면 저 요괴를 잡기가 결코 쉽지 않았을 거야. 중원무림을 대표해 진심으로 고마움을 표하는 바이네."

"능구렁이인 줄은 짐작했지만 이제 보니 사갈 같은 늙은이로군."

"너는 너무 많은 것을 알아버렸다. 몰라도 좋은 것은 알았으면서 정작 무림에선 안다는 것만으로도 죽을 수 있다는 걸 몰랐지. 너의 그 어리석음이 자초한 일을 누굴 탓하겠는가."

"내가 모르는 게 그것만은 아닐 텐데?"

"의제들의 죽음에 대해 알고 싶은가?"

침묵이 찾아왔다.

살극달의 치렁하게 늘어진 머리카락 사이로 드러난 눈동자가 은은한 자광을 띠었다. 순간, 석단룡을 보좌해 따라온 조철건은 뜻 모를 오싹함을 느꼈다.

"너의 의제들은 우리의 손에 죽었다. 대수롭지 않은 자들이었는데, 그 여파가 이렇게까지 커질 줄은 진정 몰랐다. 결과적으로 모든 것이 잘되었지만 말이야."

"내 아우의 주검엔 낙뢰혼이 새겨져 있었다."

"본시 흑원벽력검은 자하부의 것이 아니다."

"……?"

"정확하게 말하면 뇌정신군이 다른 사람의 비급이었던 걸 빼앗은 것이지."

이어지는 석단룡의 말은 놀라웠다.

그때 백백궁의 혈사가 있고 난 후 석단룡을 포함한 십 인의 후기지수들은 일 년 만에 폐허가 된 백백궁에서 다시 만났다.

그들은 혈사가 있었을 당시 마도십병과 비급을 묻어둔 장소를 어렵사리 찾아냈고, 마침내 그것들을 파냈다.

한데 문제는 그때부터였다.

누가 어떤 병기와 비급을 가져갈 것인지를 두고 갑론을박이 벌어졌다. 병기란 본시 익힌 무공과 조화를 이루어야 한다. 또한 새롭게 얻은 마공비급은 그들이 지금까지 익힌 무공, 나아가 뿌리가 되는 내공심법과 상성이 맞아야 한다.

불문이나 현문의 정종은 아닐지라도 나름 정순한 무공을 익혀왔던 그들이 사이한 마공과 상성이 맞을 리 없었다. 극단적인 경우 지금까지 쌓은 내공과 무공을 모두 폐하고 다시 익히는 환골탈태를 해야 할지도 모른다.

이에 십 인은 비교적 주화입마의 위험이 적으면서도 그 위력은 더한 비급과 병기를 선택하기 위해 골몰했다. 그러다 지금 녹류산장의 장주인 뇌천자와 자하부의 뇌정신군 사이에 다툼이 벌어졌다.

두 사람 모두 검을 수련했고, 거칠고 자유분방한 무공의 기질까지 일치한 탓에 하나의 검공와 병기를 동시에 선택했다. 그게 혼원벽력검과 사왕검이었다.

"누구라도 그랬겠지만 무림의 해결 방식은 하나밖에 없었지. 둘은 비무를 했고 그 과정에서 뇌정신군이 이겼네. 하지만 개운치 않은 승리였지. 뇌정신군이 암수를 펼쳤거든. 뇌천자가 즉각 따지고 우리 역시 뇌정신군의 방식에 대해 이의를 제기했지만 소용없었네. 뇌정신군은 누구든 불만이 있는 자 힘으로 합의를 보자고 했지. 애석하게도 그때의 우리는 뇌정신군을 이길 수가 없었네."

"훔친 물건을 두고 다투면서 암수라니, 지나가던 개가 웃을 노릇이군."

살극달의 입에서 싸늘한 조소가 흘러나왔다.

석단룡은 개의치 않는 듯 가볍게 미소를 지은 후 다시 말을 이어갔다.

"뇌천자는 혼원벽력검을 도둑맞았다고 생각했지. 그는 뇌정신군의 뒤를 밟다가 그가 어느 여곽에서 잠들었을 때 미혼

약을 방 안으로 흘려보내 깊은 잠에 빠지게 한 다음 혼원벽력검의 검보를 필사했네. 그리고 남몰래 혼원벽력검을 익혔지."

"당신들은 그걸 알았으면서도 묵인했단 말인가?"

"두 사람의 다툼에 굳이 끼어들 필요성을 못 느꼈네."

"혼원벽력검까지 익히게 되면 뇌천자는 하나를 더 가지게 된 셈이고, 그렇게 되면 훗날 당신들에게도 위협이 될 수 있었을 텐데?"

"하나 더하기 하나가 꼭 둘이 되지만은 않는 것이 바로 무공이지."

"무언가 거래가 있었군."

"후후, 전쟁의 신이라는 말이 정말로 실감이 나는군. 대단한 통찰력이야."

석단룡은 진심으로 감탄하는 듯했다.

그가 잠시 사이를 두었다가 다시 말을 이어갔다.

"뇌천자에게는 아리따운 누이가 하나 있었는데, 그 무렵 그 아이가 산서성제일의 거부 가문에 시집을 갔네. 금부(金府)라는 곳인데 천하물류의 구 할을 장악하고 있는 대상맹(大商盟)의 맹주지. 가히 백만 상인들의 왕이라고나 할까?"

살극달은 전후를 파악하는 것이 어렵지 않았다. 뇌천자는 금부의 엄청난 금력과 인맥을 미끼로 다른 여덟 명을 구워삶

왔을 것이다. 그렇게 받은 돈과 인맥의 힘으로 그들은 문파를 일으키고 세력을 넓혔다. 대체 얼마나 많은 금력이면 무인의 신념을 살 수 있는 걸까.

"하나부터 열까지 냄새가 나지 않는 곳이 없군."

"구대문파의 서슬이 날카로운 시절이었네. 짧은 세월에 문파를 키우기 위해서는 많은 자금이 필요했지."

살극달은 녹류산장과 자하부가 사이가 좋지 않았다는 말을 이제야 이해할 수 있었다. 더불어 강호를 종횡하던 시절 뇌정신군이 뇌천자의 무공 비급을 훔쳤단 제운학의 말이 아주 틀린 말은 아니라는 것도.

하지만 엄격하게 그건 빼앗은 것이지 훔친 거라고 볼 수 없다. 설혹 양자가 모두 훔치고 빼앗은 주제에 무슨 옳고 그름을 따진다는 말인가.

결론을 짓자면 이건 녹림의 산적들이 노획물을 놓고 다투다가 사이가 틀어진 것과 하등 다를 바가 없었다. 오히려 신분을 고려할 때 더 악질적이고 비열했다.

"혼원벽력검이 녹류산장에도 전해졌다면 구담은 비무대에서 강철투구인을 상대할 때 왜 혼원벽력검을 펼치지 않았지?"

"내가 명령을 내렸으니까."

"나를 속이기 위해?"

"너 역시 저 요괴만큼이나 까다로운 상대였다. 또한 반드시 잡아야 할 상대였지. 덕분에 많은 아이가 중상을 입었다. 너는 그 대가를 무겁게 치를 것이다."

그게 어디 살극달만의 탓일까.

구담은 혼원벽력검이 아니었어도 또 다른 마공이 있었을 것이다. 그건 구패의 후기지수들 모두가 마찬가지였다.

하지만 천하의 대마두들이 남긴 마공을 만인들이 보는 앞에서 마음껏 펼칠 수는 없다. 결국 후기지수들은 지금껏 드러난 것보다 훨씬 강하다는 뜻인데, 바로 그것 때문에 살극달은 전날 관제묘에서 만났던 복면인들의 정체를 간파했다.

그들은 구패의 후지지수들이었다.

그들은 이미 하나로 결속되어 어떤 단체 같은 걸 만든 모양이었다. 관제묘에서 만난 자들은 그것의 일부일 것이다.

어쩌면 그때 살극달이 상대한 자들 중에 구담이나 제운학이 있었을지도 모른다. 그때의 그들은 비무대에서 본 제운학이나 구담과는 확실히 달랐다.

그럼에도 불구하고 그들은 실력을 숨겼다. 살극달과 수라마군을 잡겠다는 일념으로 검이 배를 쑤시는 고통을 감수했다.

그들의 독심에, 그 독심을 통제할 수 있다는 것에 살극달은 구패의 힘이 자신이 예상했던 것보다 강함을 알 수 있었다.

"결국 내 아우를 죽인 자는 구담이라는 말이군."

"결정적인 순간 직접 검을 쓴 자를 말하는 것이라면 그렇 겠지."

"명령을 내린 자가 따로 있다는 말인가?"

"혈사곡을 지나던 혈기대의 고수는 오십을 넘었다. 그들을 구담이 혼자 해치웠다고 생각하진 않겠지?"

살극달은 혈사곡에 매장되어 있던 하원일의 주검을 떠올 렸다. 상흔은 모두 일곱 개. 어깨, 팔, 허리에 각 두 개씩, 가슴 에 하나였다.

직접적인 사인은 가슴에 맞은 일격이었다.

좌에서 우로 번개처럼 나간 낙뢰혼. 그걸 근거로 살극달은 흉수의 숫자를 최소 한 명에서 최대 일곱 명까지 보았다. 더 많은 숫자가 에워쌌을 수도 있지만 공격에 가담한 최대의 숫 자는 일곱이었다.

그 예상이 맞아떨어졌다.

하원일은 힘에 부치는 다수의 고수를 상대로 악전고투를 치렀고 치명적인 상처를 입었다. 그 상태에서 구담이 나서 마 지막 일격을 가했다.

구담이 일격을 가한 것은 엽사담이 펼치는 혼원벽력검 특 유의 검흔, 즉 낙뢰혼을 남기기 위해서였다. 구담이 나서기도 전에 하원일은 사실상 죽은 목숨이었던 것이다.

하면 혈사곡의 작전을 지휘하고 결정적인 순간 살인을 지시한 사람은 누굴까? 당연히 후기지수들을 이끈 수장이다. 살극달이 아는 한 그럴 수 있는 인물은 한 명밖에 없었다.

"제운학……!"

살극달의 입에서 얼음장 밑을 흐르는 물처럼 서늘한 음성이 흘러나왔다. 조철건의 표정이 다시 한 번 흠칫 굳었다. 석단룡이 굳은 음성으로 말했다.

"놀라운 추리력이군."

"모든 치부를 내게 말해주는 것은 살인멸구하겠다는 뜻이겠지?"

살극달이 눈을 치뜨며 물었다.

"그전에 거래를 마무리 지어야겠지."

"당신과 나 사이에 아직 남은 거래가 있었나?"

"약속하지 않았나. 요괴를 잡으면 하루 동안 독대를 허락하겠다고. 오늘 밤은 살 수 있으니 편하게 보내시게."

석단룡은 만족스러운 미소를 띠고는 돌아갔다.

조철건과 그의 수하들이 뒤를 따랐다.

뇌옥엔 다시 수라마군과 살극달만 남게 되었다.

수라마군이 말했다.

"전쟁의 신이 너였군."

"나를 아나?"

"귀가 따갑도록 들었지. 야만의 전사 오백으로 일만의 마병을 흑사강의 강물에 수장시켰다지. 남만에 어느 비범함 고인이 한 명 사는 줄로만 알았다. 기회가 닿으면 한 번쯤 만나 고견을 듣고 싶다는 생각도 했지. 마침 내게도 오백의 병력이 있었거든. 그러고 보면 결국 너도 세상으로부터 완벽히 숨지는 못했군."

"너는 지금의 상황을 내게 보여주기 위해 잡혔다고 했다. 왜인가?"

"우리가 적이 아니라는 걸 말해주고 싶었다."

"얻는 것에 비해 희생이 크지 않았나?"

"그러는 넌 왜 잡혔지?"

"내가 일부러 잡혔다고 생각하나?"

"속일 생각 마라. 나는 너보다 오래 살았다."

"너는 만날 수가 없고, 구패는 입을 꼭 다물고 있는 상황에서 아우들의 죽음에 관한 비밀을 밝힐 길은 이 방법밖에 없었다. 인간이란 상대가 자신의 발아래 깔려 있다는 걸 실감해야 비로소 숨겨둔 추한 얼굴을 드러내는 법이니까."

"구패를 처음부터 의심했나?"

"너와 석단룡 모두였다."

"이제 명명백백해졌군."

"이제 어쩔 셈인가?"

"하루 동안은 죽이지 않는다고 하니 일단 눈이나 좀 붙여 볼까?"

말과 함께 수라마군은 정말로 눈을 감아버렸다.

쇠사슬이 온몸을 휘감은 데다 서 있기까지 했지만 그는 아랑곳하지 않았다.

허세가 아니었다.

그는 정말로 잠을 잘 생각이었다.

하지만 그게 전부가 아님을 살극달은 알고 있었다. 그리고 조용히 눈을 감고 운기행공을 시작했다.

*   *   *

이종학은 눈살을 찌푸리지 않을 수 없었다.

검노와 그 일당을 추격해 양주 전역을 뒤진 지 벌써 반 시진, 하지만 땅으로 꺼졌는지 하늘로 솟았는지 놈들은 흔적조차 찾을 수 없었다.

검노 일당은 소수니 그렇다고 치자.

자신들이 얻은 정보에 따르면 수라마군의 수하 오백이 지금 양주에 들어와 있다고 한다. 무인은 범부들과 달라서 제아무리 역용을 해도 특유의 기세를 내뿜게 마련이다.

근골이 뛰어난 것도 있다. 그런 무인 오백이면 결코 작은 숫자가 아니다. 민가에 숨어든다고 해도 못 찾을 수가 없다.

한데 아직까지 단 한 명도 색출하지 못했다.

양주가 지닌 특유의 지형 때문이다.

수로가 거미줄처럼 복잡하게 나 있고, 그 수로와 수로 사이
에 온갖 군상의 집에 숨어 있다면 사람을 찾는 게 쉬운 일은
아니다.

거기에 덧붙여 지금 양주에는 양민보다 무림인이 더 많다.
용봉지연을 보기 위해 중원 각처에서 몰려온 무림인들 때문
이다.

비록 그들 모두가 용봉지연을 참관할 수는 없다고 해도 삼
년에 한 번 무림인이 한 도시에 몰리는 것만으로도 큰 행사임
이 분명했다. 때문에 지금 양주에 머물고 있는 무림인의 숫자
는 족히 수만에 육박했다.

족보도 없는 그 많은 사람 중 누가 수라마군의 수하인지 종
잡을 수가 없는 게 문제였다. 해서 특단의 조치를 내린 게 흉
신악살들을 제거하는 것이었다.

살인, 방화, 약탈, 강간 등을 일삼고 다니는 자들은 눈에 띄
는 대로 현장에서 척살되었다. 수라마군의 수하면 더 좋고,
설사 아니어도 무림의 공적을 제거한다는 명분이 있었다.

어찌 보면 흑백을 따지지 않는다는 용봉지연의 기치와 조
금 어긋난 듯했지만 구패의 서슬에 눌린 무림인들은 누구도

항의를 하지 못했다.

자칫 반기를 들었다간 수라마군의 수하로 몰려 칼침을 맞을 판이었다. 덕분에 밤 동안 양주 곳곳에선 일대 살육이 자행되고 있었다. 바로 그 일의 연장선에서 지금 양주 북동쪽의 유흥가가 들썩이고 있었다.

여자 두 명이 끼인 범상치 않은 무리가 있다는 보고를 받은 것이 한 식경 전, 이종학은 신비루에서부터 이끌고 온 뇌궁대(雷弓隊)의 고수 십 인을 이끌고 와서 기루를 습격했다.

네 명이 그 자리에서 즉사하고, 한 놈이 도주를 했다. 하지만 그 역시 멀리 가지는 못했다. 뇌궁대의 고수들이 지붕을 타고 흩어지길 한참, 쇳소리가 어지럽게 울리더니 뇌궁대의 대주 냉좌기가 화살에 꿰뚫린 머리통 하나를 들고 나타났다.

"산동오절(山東五絶)이었습니다."

달리 산동오살이라고도 불리는 다섯 명의 남녀는 그 별호처럼 산동 일대를 돌아다니며 온갖 악행을 일삼은 악도들이다.

그들의 손에 죽은 자가 수십이요, 파탄 난 가정이 수십 호다. 백번을 죽어도 마땅한 자들이지만 냉좌기의 속은 편치 않았다. 이건 그가 원하던 것이 아니기 때문이었다.

"이런 식으론 놈들을 색출할 수 없습니다."

냉좌기가 말했다.

검노 일당과 수라마군의 수하 모두를 싸잡아 일컫는 말이
었다.

"모두를 색출할 필요는 없다."

"그게 무슨 말씀이십니까?"

"수라마군이 잡혔으니 그 일당이 몇 명이든 나머지는 저절
로 와해될 것이다. 중요한 것은 수라마군을 잡는 과정에서 우
리가 보여준 힘, 그리고 그 힘의 정당성이다."

"한데 왜……?"

"통치란 먼저 힘을 보여주고 다음에 먹을 것을 주는 것이
다."

이 말은 언젠가 살극달이 독고설란에게도 해준 말이었지
만 냉좌기가 그걸 알 수는 없는 노릇이었다. 사실 살극달이나
이종학이 아니어도 세상을 굽어보는 사람이라면 누구라도 언
젠가는 깨닫는 이치였다. 통치의 본질은 바뀌는 게 아니니까.

그 순간, 냉좌기는 퍼뜩 떠오른 생각이 있었다.

수라마군의 수하들을 잡는 과정에서 벌어진 일단의 살육
은 두 가지 측면에서 무림인들에게 어떤 인식, 더 나아가 압
박을 심어주고 있었다.

첫 번째, 수라마군은 재고의 여지가 없는 절대악인이다. 두
번째, 지금은 구패의 시대다.

냉좌기는 구패가 처음부터 수라마군의 수하들을 싹쓸이할

생각이 없었음을 깨달았다. 그들이 원하는 것은 향후 있을지 모르는 잠재적인 적들에 대한 척살과 경고였다. 이 일이 마무리되고 나면 천하의 누가 구패가 하는 일에 대해 반기를 들 수 있겠는가. 그야말로 홍수가 났을 때 도랑에 있던 돌멩이들도 함께 치워 버리는 식이었다.

"하지만 절대로 놓쳐선 안 되는 자들이 있다. 혼세마왕은 홀로 대륙을 질타한 극강의 고수다. 그가 자하부를 발판 삼아 복수를 하려 든다면 엄청난 재앙이 될 것이다."

거기에 더해 개인적인 호승심이 있다는 것을 냉좌기는 모르지 않았다. 자신의 주군인 이종학은 오래전 백백궁에서 비급을 얻어 인고의 세월을 보낸 후 고금의 그 어떤 궁사(弓師)도 가보지 못한 경지에 들어섰다.

이종학은 본래 수라마군과 일전을 겨루고 싶어 했다. 자신의 화살과 수라마군의 검 중 어느 것이 빠른지를 절실하게 시험해 보고 싶어 했다. 그건 피 끓는 무인이라면 누구나 가질 만한 호승심이었다.

하지만 석단룡이 허락하지 않았다.

지금은 승부를 볼 때가 아니라 잡아야 할 때라고.

구패의 패주들 사이에 신분의 고하가 있는 것은 아니었다. 다만, 석단룡이 강호인들의 신망을 한 몸에 받는데다 지혜가 뛰어났기에 자연스럽게 좌장의 역할을 했다.

과연 석단룡은 뛰어났다.

구백 년 동안 무림의 그 어떤 문파도 잡지 못한 수라마군을 사로잡았지 않았는가. 더불어 전쟁의 신이라 불리던 정체불명의 은자도 사로잡았다. 석단룡의 치밀한 지혜와 대담한 계략이 아니었다면 불가능했을 것이다.

아직 실망하기에는 이르렀다.

비록 수라마군에 비할 바는 아니나 이십 년 전까지만 해도 적수가 없었던 대마두 혼세마왕이 남아 있었다. 이종학은 그 혼세마왕을 반드시 제 손으로 잡고 싶어 했다.

그때, 지축을 울리는 말발굽 소리와 함께 궁수 하나가 달려왔다. 역시 신비루에서부터 이끌고 온 병력 중 한 곳인 철궁대(鐵弓隊)의 대원이었다.

그는 지척에 이르자마자 말에서 훌쩍 뛰어내리며 무릎을 꿇었다. 그리고 말했다.

"잠시 가보셔야 할 것 같습니다."

철궁대가 인도한 곳은 깜깜한 숲이었다.

사냥개를 대동한 철궁대의 궁수 대여섯 명이 횃불을 밝힌 채 모여 있었다. 그들의 앞에는 항아리만 한 철구 하나가 뒹굴었다.

"강변을 수색하던 중 땅속에 묻어둔 것을 발견했습니다."

철궁대의 대원 하나가 말했다.

이종학의 눈동자가 매섭게 빛났다.

철구는 혼세마왕의 물건이었다.

필시 사냥개가 피 냄새를 맡고 찾아낸 것이리라.

"얼마나 지났느냐?"

"발견하자마자 곧장 보고를 올린 겁니다."

이종학은 대화를 멈추고 고개를 들어 숲 너머로 시선을 던졌다. 그러다 낮은 음성으로 말했다.

"횃불을 꺼라."

다섯 개의 횃불이 순식간에 꺼졌다.

이종학은 조금 전 그가 응시한 방향으로 걸음을 옮겼다. 채 십여 장을 걷기도 전에 숲이 끝나고 시퍼런 강이 모습을 드러냈다.

경향운하였다.

끝없이 펼쳐진 운하 위에는 시야에 잡히는 것만도 칠팔십 척에 육박할 정도의 배가 등롱을 밝힌 채 떠 있었다. 그 배들 사이를 쉴 새 없이 오가는 또 다른 수십 척의 배가 있었다. 운하를 봉쇄하기로 한 교룡방의 배다.

교룡방(蛟龍幇)은 운하에 기생하여 조운(漕運)의 권리를 독점하는 방파로 무림에 미치는 영향력이 지대하다. 배를 부리는 기술은 타의 추종을 불허하고, 물길 또한 제 손금을 보듯

한다. 그런 교룡방의 배를 수십 척이나 동원했다는 것만으로
도 석단룡의 수완이 얼마나 뛰어난지를 알 수 있었다.

"배를 탈취하는 건 죽음을 자초하는 겁니다. 유사시 도주
로도 없거니와 교룡방에서 쉬지 않고 수색을 하고 있으니까
요."

냉좌기가 말했다.

이종학이 운하 위의 배들을 바라보는 순간 그의 생각을 짐
작했기 때문이었다.

하지만 이종학의 생각은 달랐다.

운하를 한참이나 살피던 이종학이 말했다.

"교룡방이 상대를 하기 껄끄러운 배도 있지."

"……!"

"조용히 배 한 척을 준비하라."

第七章

기습을 하다

통운관(通運關), 즉 운하를 오가는 배를 검문하고 세금을
거두는 관문은 관(關)이라는 이름과 달리 건물이 있는 것은
아니었다. 물길이라는 특성을 고려하다 보니 수상(水上)에 띄
운 배가 바로 통운관의 본청이다.

일개 배에 불과하다고는 하나 그 나름 관의 역할을 하다 보
니 무관도 있고 병졸도 있으며, 그런 사람들이 생활하는 데
필요한 여러 가지 집기들도 모두 구비되어 있었다.

자연히 배의 규모가 커질 수밖에 없었다.

거기에 덧붙여 관이라는 위엄까지 고려하자 통운관의 관

선은 어지간한 범선(帆船)을 방불케 했다.

그게 끝이 아니었다.

통운관의 관선에는 여타의 범선에는 없는 것이 있었다. 바로 난간을 따라 도열한 열 개의 포문(砲門)이었다. 좌우 양쪽을 모두 합하면 이십 문이나 된다.

유사시 역도들이 탄 배를 만나거나 해적선이 출몰하면 바로 저 포문이 열리면서 화포가 일제히 불을 뿜는다.

이렇게 되면 사실상 군문의 전선(戰船)인 셈인데, 과연 바다도 아닌 운하에 해적선이 나타날 확률이 얼마나 있으며 역도가 탄 배를 향해 포를 쏠 일은 몇 번이나 있겠는가.

그럼에도 불구하고 이런 무시무시한 전선을 양주구 통운관으로 배치하게 된 이유가 있었으니, 그건 불과 이백 리가 채 안 되는 곳에 황제가 사는 남경이 있기 때문이었다.

양주구 통운관의 관선은 황궁을 향하는 역도의 무리를 막는 저지선의 역할도 겸했다. 덕분에 군졸은 사납고 황궁에서 직접 파견한 무관은 용맹하기 그지없었으며 그 위세는 하늘을 찔렀다.

강동의 패주라는 석가장이 이레 전 용봉지연이 열릴 당시 통운관 관선에 수하 한 명을 태우기 위해, 정사품의 지휘첨사(指揮僉事)를 움직인 것도 그 때문이다.

만에 하나 누군가 통운관의 관선을 탈취한다면 곧장 역

모(逆謀)로 몰려 양주가 발칵 뒤집히게 된다. 양주부는 물론 황궁에서까지 엄청난 군대를 파견할 테고, 가담한 자들은 그 죄의 경중을 가리지 않고 삼족을 멸하고 말 것이다.

닻을 내린 통운관의 관선은 고요했다.

밤이라고 조운을 하지 않는 것은 아니었지만, 오늘은 다른 날과 좀 달랐다. 석가장에서 무림인들끼리 싸움이 난 후 구패가 지휘첨사에게 운하의 봉쇄를 요청했고, 이를 받아들인 지휘첨사가 양주로 들고 나는 모든 배를 묶어버린 탓이다.

덕분에 강 위에는 양주구를 지나던 각종 상선과 여선을 비롯해 용봉지연을 참관하기 위해 중원 각처에서 몰려온 무림인들의 배까지 더해져 칠팔십 척의 배가 발이 묶인 채 떠 있었다.

강이 워낙 넓고 긴 탓에 그 많은 배가 떠 있고도 붐빈다는 느낌은 없었다. 하지만 어느 한쪽의 배에서 소란이 일어나면 다른 쪽의 배가 알아차릴 만큼은 비좁았다.

"쉽지 않겠는데."

관선을 십여 장 남겨두고 검노가 말했다.

물 밖으로 얼굴만 내놓은 채로였다.

"이제 와서 그렇게 말씀하시면 어떡합니까? 실패하면 죽음입니다. 도망갈 데도 없어요."

매상옥이 목소리를 쥐어짰다.

"쉽지 않겠다고 했지, 누가 실패한다고 했느냐."

"처음부터 신중을 기했어야 했다는 뜻입니다, 제 얘기는."

"매사에 지나치게 신중하면 아무것도 못해."

"그만 좀 하고 다들 얼굴이나 가리도록 해요."

말과 함께 조빙빙이 소맷자락을 주욱 찢더니 눈 아래까지 자신의 얼굴의 반쪽을 가렸다. 물에 흠뻑 젖은 탓에 코와 입술의 윤곽이 그대로 드러났다. 그래도 얼굴을 가리기엔 충분했다. 무언가 짐작한 바가 있는 듯 매상옥과 장자이도 각자의 소매를 찢어 똑같이 얼굴을 가렸다.

"뭐하는 짓이냐?"

검노가 물었다.

"나중을 위해서라도 얼굴을 드러내지 않기 위해서죠. 할 수 있는 한 군졸들을 죽이는 일도 없도록 하세요. 군문과 척을 지면 골치 아파져요."

"일부러 피를 볼 일은 없겠지. 하지만 내 살점을 떼줘 가면서까지 손속을 아끼지는 않겠다."

"천하의 누가 노선배의 살점을 자를 수 있겠어요. 노선배의 무공이면 군졸들쯤은 피를 보지 않고도 얼마든지 상대를 제압할 수 있을 거예요. 방금 한 말은 매 공자와 장자이에게 하는 말이에요."

조빙빙이 두 사람을 돌아보았다.

두 사람 모두 알았다는 듯이 고개를 끄덕였다.

이렇게 되면 검노는 자신의 무공을 증명하기 위해서라도 피를 볼 수 없게 된다. 만약 군졸을 한 명이라도 쓰러뜨리게 되면 무공이 보잘것없음을 스스로 시인하는 꼴이 될 테니까.

매사에 얼렁뚱땅인 것 같아도 속에 능구렁이 수십 마리가 도사리고 있는 검노였다. 그가 조빙빙의 의도를 짐작 못했을 리 없다.

"쿡쿡, 영악한 녀석. 알았다. 애써보마."

"고마워요. 노선배."

조빙빙이 말갛게 웃었다.

"피해를 최소한으로 하려면 속전속결이 최고다. 다들 벽호공은 익혔겠지? 애초 약속한 대로 네 방향에서 오른 후 초병들을 제압하는 거다. 소리가 나지 않도록 각별히 조심하고, 초병들을 제압한 후에는 곧장 선실로 들어간다. 그나저나 선실로 들어가고 나선 어떡한다? 난 매양 초원에서 말을 달려서 범선의 구조를 도통 모르는데."

검노의 우려에 조빙빙이 말을 받았다.

"크기만 클 뿐 여타의 객선과 크게 다를 바가 없어요. 통운관의 관선은 조운(漕運)에 쓰이던 범선을 개조한 것이에요. 조운선은 운하의 수심이 일정치 않은 탓에 바닥을 평평하고 넓게 만들죠. 쉽게 말해 평저선이란 얘긴데, 저 정도의 규모면 가운데의 주돛을 기준으로 앞쪽에 다섯 칸, 뒤쪽에 네 칸 정도의 공간이 있을 거예요. 그 공간을 따라 선실을 구획하는데 앞쪽에서부터 차례로 집기나 식량창고, 선원들의 선실로 쓰죠. 마지막으로 가장 뒤쪽에 선장이 지내는 개인 선실이 있어요. 그 아홉 개의 공간을 연결하는 하나의 통로가 있고요."

막힘없이 술술 나오는 조빙빙의 식견에 사람들은 어리둥절한 표정을 지었다.

"범선의 구조를 어찌 그리 잘 아누?"

검노가 물었다.

"자하부에서 상단을 이끌었어요. 바다를 통한 교역이 많았죠."

"좋아. 말로 듣는 것과 실제가 다를 수 있으니 배에 오르는 순간부터는 조빙빙이 명령을 내린다. 다들 이의없지?"

검노가 장자이와 매상옥을 돌아보며 물었다.

두 사람은 오히려 그것참 잘되었다는 듯 바쁘게 고개를 끄덕였다.

"그럼, 시작해 볼까."

말과 함께 검노는 파도 아래로 쏙 사라져 버렸다. 조빙빙과 매상옥, 장자이가 차례로 모습을 감췄다.

물속으로 잠영한 네 사람은 각자 맡은 방향으로 흩어졌다. 장자이와 매상옥은 약속한 대로 맞은편 갑판 쪽으로 향했고, 검노와 조빙빙은 이쪽 갑판에 찰싹 달라붙은 채 물 위로 얼굴을 드러냈다.

고요하기 짝이 없는 움직임이었다.

적당히 거리를 유지한 검노와 조빙빙은 천천히 갑판을 기어오르기 시작했다. 물이 닿는 배의 측면은 상시 이끼가 끼기 때문에 미끄럽기 짝이 없었다.

두 사람은 겨우 손가락 한 마디 정도 들어갈 판자와 판자 사이의 틈바구니를 잡고 조용히, 그리고 은밀하게 올라갔다.

마침내 갑판의 모습이 보였다.

초병은 모두 넷. 후미에 두 명, 선수에 두 명이었다. 그들은 모두 한 손에 횃불을 들고 일정한 거리를 오가고 있었다. 하지만 그건 졸음을 쫓기 위한 행동인 듯 주변을 살피는 치밀함 같은 건 없었다.

갑판 너머로 장자이와 매상옥의 머리통이 보였다. 조빙빙이 곁을 돌아보니 검노가 자신을 바라보고 있었다. 조빙빙은 검노, 장자이, 매상옥과 차례로 눈을 맞춘 후 조용히 고개를 끄덕였다.

그 순간 난간에 매달려 있던 네 개의 그림자가 허공을 날았다. 순식간에 갑판으로 뛰어내린 조빙빙은 곧장 자신이 맡은 초병을 향해 주먹을 뻗었다.

후욱!

바람을 가르는 소리가 짧게 울렸다.

피를 보지 않기 위해, 섬광을 번뜩이지 않기 위해 검은 뽑지 않았다. 하지만 군졸 하나쯤은 단 일격에 쓰러뜨릴 거라 믿어 의심치 않았다.

한데 이상한 일이 일어났다.

벼락처럼 몸을 비틀어 주먹을 흘려보내는 초병의 몸놀림이 예사롭지 않았다. 뿐만 아니라 조빙빙의 주먹이 바깥으로 빠지는 틈을 타 횃불을 힘차게 휘둘러 왔다. 조빙빙은 철판교의 수법을 발휘, 황급히 상체를 뒤로 꺾었다.

부우웅!

조빙빙의 누운 얼굴 위로 불길이 쭉 늘어졌다.

조빙빙은 탄력적으로 허리를 폈다. 동시에 초병을 향해 좌장을 힘껏 뻗었다. 장풍이 바람을 일으키며 초병을 덮쳐 갔다.

그 순간 초병의 상체가 호롱불처럼 바닥으로 꺼져 버렸다. 이어 한 손으로 바닥을 짚더니 두 다리로 상대의 다리를 감아 무너뜨리는 전정교(剪定鉸)수법을 펼쳤다.

역시나 몸놀림이 예사롭지 않다.

조빙빙은 재빨리 바닥을 박차 몸을 쭉 빼는 한편 공중제비를 돌아 일 장 밖으로 물러났다.

싸움이 한순간 멈췄다.

단 한 번의 격돌도 없이 세 번의 공방을 주고받은 상황. 조빙빙은 어안이 벙벙해졌다.

자하부의 적전제자이자 고주일검을 칠성까지 성취한 자신을 당해낼 군졸이 있을 거라고는 상상조차 못한 까닭이다.

'평범한 초병이 아니다!'

초병 역시 조빙빙의 무공이 상상외로 강한 데 놀란 듯했다. 그는 횃불을 쭉 뻗어 조빙빙을 노려보며 물었다.

"웬 놈들이냐!"

목소리에서 범상치 않은 공력의 징후가 느껴졌다. 무언가 이상함을 느낀 조빙빙은 서둘러 좌우를 살폈다. 아니나 다를까, 맞은편 갑판으로 날아올랐던 장자이 역시 일격에 상대를 쓰러뜨리지 못한 채 치열한 공방을 주고받고 있었다.

매상옥은 매상옥대로 환술까지 펼치며 그가 맡은 거구의 초병과 번쩍번쩍 공방을 주고받는 중이었다. 상대가 창을 휘두를 때마다 가죽 북 찢는 소리가 났다.

아무리 봐도 금방 승부가 날 싸움이 아니었다.

오직 한 명, 상대를 압도한 사람은 검노였다.

하지만 검노조차도 일격에 상대를 쓰러뜨리진 못했다. 퍽 퍽 소리가 요란한 가운데 초병은 바람처럼 민첩한 몸놀림을 구사하고도 검노에게 연타를 허용했다. 다리를 걸어 허공에 띄운 다음 바닥에 메다꽂는 것을 마지막으로 검노는 초병을 쓰러뜨렸다. 그가 좌우를 돌아보며 목소리를 쥐어짰다.

"이게 어떻게 된 거야?"

질문을 던져 놓고 검노는 쓰러진 초병의 창을 집어 매상옥이 상대하는 자에게로 던졌다. 귀청을 찢는 파공성에 놀란 초병이 벼락처럼 돌아서며 창을 휘둘렀다.

따악!

둔탁한 소리와 함께 창대가 부러졌다.

검노가 던진 창은 그 정도로 위력적이었다.

그 찰나의 틈을 타고 매상옥이 상대의 옆구리에 무르팍을 꽂아 넣었다.

퍽! 소리와 함께 매상옥의 초병도 무너졌다.

그때쯤엔 장자이 역시 검노의 도움을 받아 어렵지 않게 초병을 쓰러뜨릴 수 있었다. 남은 사람은 이제 조빙빙의 눈앞에 있는 자 한 명이었다.

"지금쯤 선실에서도 소란을 들었을 겁니다. 여긴 제게 맡기고 어서!"

매상옥이 조빙빙과 초병의 사이로 뛰어들며 말했다.

"갑판을 지키고 있으세요!"

"염려 마십시오."

말이 떨어지기 무섭게 곧장 선실로 향했다.

검노와 장자이가 뒤를 따랐다.

초병과 홀로 대치한 매상옥은 피를 보지 말라던 조빙빙의 경고도 잊은 채 쌍겸을 뽑았다. 시퍼런 겸인(鎌刃)이 모습을 드러냈다.

어느새 횃불을 버린 초병도 보폭을 어깨 넓이로 벌리고는 창간을 뉘었다. 그 기세가 사납기 짝이 없었다.

그가 다시 말했다.

"살아서 돌아갈 생각 마라!"

매상옥의 두 눈이 휘둥그레졌다.

'뭔 놈의 군졸들이 이렇게 세지?'

매상옥의 말이 맞았다.

선실로 향하는 문을 열자마자 안쪽에서 복면을 쓴 한 무리 무인들이 등장했다. 그들 역시 막 문을 열던 참이었고, 그 바람에 서로의 출현을 예상치 못한 양쪽은 한순간 얼어버렸다.

그것도 잠시, 갑판에서 소란을 피워 좋을 게 없는 조빙빙은 등으로부터 자신의 검을 뽑아 선두의 거한을 향해 휘둘렀다. 놀란 장한이 재빨리 대부를 휘둘러 검을 쳐냈다.

그 순간 조빙빙은 안쪽으로 파고들며 장한의 가슴을 발로 차 갑판으로 쏟아져 나오려는 적들을 도로 안쪽으로 밀어 넣었다. 그리고 검초를 난상으로 뿌리며 곧장 돌진했다.

깡깡, 소리가 요란하게 울렸다.

조빙빙은 그동안 익혔던 고주일검의 절초들을 아낌없이 펼쳤다. 삼 척 반의 소리비검(笑裏秘劍)이 반 장이 채 안 되는 좁은 통로를 변화무쌍하게 난도질했다. 장한이 든 대부 역시 맹렬한 기세로 반격해 왔다. 검과 도끼가 부딪칠 때마다 반탄되어 오는 기운이 손목을 짜르르 울렸다.

'보통 놈이 아니다!'

조빙빙은 진심으로 놀랐다.

놀라긴 대부를 든 장한 역시 마찬가지인 것 같았다. 게다가 그는 지금 조빙빙에 비해 상대적으로 아래인 두어 칸 밑 계단에 서 있었다. 좌우가 막힌 상태에서 상대를 올려다보며 싸워야 하는 장한에게 조빙빙은 힘든 상대였다.

장한은 '제기랄'을 연발하면서 물러나기에 급급했다. 장한이 물러나자 장한의 뒤쪽에 있는 적들도 어쩔 수 없이 물러나야 했다.

일방적으로 적들을 몰아붙인 조빙빙의 눈에 갑판 아래의 풍광이 들어왔다. 선수의 선실과 선미의 선장실을 두고 길게 통로가 이어질 것이라는 조빙빙의 예상과 달리 계단 아래는 커다란 공간이었다.

아마도 양주구를 통과하는 배들로 빼앗은 것이 분명한 피

류과 비단, 마포, 열대과일 따위가 곳곳에 산적해 있는 걸로 보아 통로의 칸막이를 통째로 뜯어내 창고로 쓰는 모양이었다. 그곳엔 소란을 듣고 튀어나온 적들이 검을 뽑아 든 채 우글우글 모여 있었다.

하나같이 복면을 썼다.

아무리 생각해도 이 밤중에 군졸들이 배에서 복면을 쓰고 있을 이유가 없었다. 하지만 그걸 따질 겨를은 더욱 없었다. 놈들이 순식간에 계단을 에워싸고 연방 튀어 오를 기세였기 때문이다.

"선배, 길을 터주세요!"

"나만 믿어라!"

조빙빙의 한마디에 후방에 있던 검노가 몸을 던졌다. 조빙빙의 머리 위에서 공중제비를 돈 검노는 바닥으로 떨어지는 순간 좌우를 향해 쌍장을 쭉 뻗었다.

빠방!

대기를 떨어 울리는 소리와 함께 엄청난 경파가 사방을 쓸었다. 계단으로 오르기 위해 몰려들던 복면인들이 바람에 쓸린 가랑잎처럼 밀려났다.

무시무시한 기세로 공간을 확보한 검노가 양손을 허공에 털었다. 그의 손목을 휘감고 있던 쇠사슬이 섬뜩한 소리와 함께 바닥으로 풀렸다.

"어여차!"

검노는 흥에 찬 기합과 함께 양손을 태극문양으로 춤추듯 크게 흔들었다. 그러자 바닥으로 늘어져 있던 쇠사슬이 기음을 토해내며 사방을 후려치기 시작했다.

쩍쩍, 소리가 요란하도록 바닥의 판자가 폭탄이라도 맞은 듯 튕겨 나갔다. 검을 든 군졸 몇 명이 뛰어들었다가 쇠사슬에 흠씬 두들겨 맞고는 대경실색하여 물러났다.

그사이 조빙빙과 장자이는 곧장 검노의 후방으로 뛰어내린 후 연달아 서너 초식을 맹렬하게 휘둘렀다. 검노의 등을 노리던 몇몇 복면인들이 그 기세에 눌려 뒷걸음질을 쳤다. 세 사람은 순식간에 적진의 한복판에 서게 되었다.

"이제 어떡할까?"

검노가 등을 맞댄 채 물었다.

"일이 조금 복잡하게 되었네요."

조빙빙이 말했다.

"복잡하게 생각할 거 뭐 있어. 일단 족치고 보자고."

"아무래도 평범한 군졸들이 아닌 것 같아요."

"나도 알아. 하지만 이제 와서 어쩔 거야!"

"우리의 등을 지켜주세요."

"오냐. 내가 확실하게 지켜줄 테니 뭐든 해봐."

말과 함께 검노가 쇠사슬을 질풍처럼 휘두르며 적들의 접근을 막았다. 조빙빙과 장자이는 연수합격을 펼치는 한편 선미 쪽 선장실을 향해 나아갔다. 우선은 선장실을 장악하는 게 급선무였다.

한데 그게 뜻대로 흘러가지 않았다.

적들의 반격은 예상외로 사나웠다.

이 시대의 군졸은 대부분 창을 쓴다.

백일창(百日槍) 천일도(千日刀) 만일검(万日劍)이라는 말이 있거니와 서너 달만 수련하면 어지간히 능숙하게 사용할 수 있기 때문이다.

한발 더 나아가 실용을 따지는 무인들은 도를 선택한다. 거기서 좀 더 깊이 들어가고 싶은 자는 검을 취한다. 검은 일개 군졸 나부랭이들의 무기가 아니었다.

한데 눈앞의 복면을 쓴 군졸들은 모두가 검을 들었다. 검술 또한 고명하여 자하부의 적전제자인 조빙빙조차도 경시 못할 정도였다.

동창, 서창, 금의위와 같은 낱말들이 조빙빙의 머릿속에서 바쁘게 맴돌았다. 만약 이들이 황궁에서 나온 고수들이라면 오늘 정말 벌집을 건드린 셈이었다.

"비켜라!"

그때 한 사람이 복면의 검수들을 헤치고 등장했다. 조빙빙으로부터 가슴에 일격을 맞고 물러났던 장한이었다. 도끼는 사람을 해하기에는 적절치 않은 무기다. 날은 좁고 무게는 더하면서 펼칠 수 있는 초식에도 한계가 있기 때문이다. 하지만 그의 부법은 오히려 검을 든 군졸들과는 차원이 달랐다.

일장의 거리를 단숨에 지워 버린 도끼가 눈앞에서 작렬할 때마다 자줏빛 꽃망울이 터졌다. 도끼의 날이 떨리면서 금속에 맺힌 섬광의 궤적이 만들어내는 일종의 부화(斧華)다.

그 아름다운 형체와는 달리 귀청을 찢는 파공성이 연달아 울렸다. 경시하는 마음이 싹 가신 조빙빙과 장자이는 장한의 양쪽을 동시에 공격해 갔다.

장자이의 소월도가 맑은 음향과 함께 하박을 베어가면 조빙빙의 소리비검이 좌상방에서 직각으로 꺾이며 어깨를 노리는 식이었다.

하지만 장한은 눈부신 속도로 대부를 휘둘러 장자이의 도신을 튕겨낸 다음 곧장 조빙빙의 몸뚱어리를 아래에서 위로 찍어갔다.

대경실색한 조빙빙은 체공상태에서 황급히 고개를 꺾었다. 날카로운 도끼날이 곡선으로 휘어지는 그녀의 가슴을 아슬아슬하게 쓸어갔다.

아마도 이 한 수로 조빙빙을 두 동강 낼 작정이었던 모양, 엄청난 힘을 죽이지 못한 대부가 허공으로 빠져나갔다. 그 순간 장자이가 장한의 아래쪽을 파고들었다.

사악!

서늘한 음향과 함께 소월도가 장한의 허리를 스치고 갔다. 하지만 장자이는 겨우 옷자락만 잘랐을 뿐이었다. 그 큰 덩치의 어디에서 그런 민첩함이 나오는지, 찰나의 순간 장한이 엉덩이를 쭉 빼버린 것이다.

그와 동시에 장한은 솟구치는 대부를 힘차게 잡아당겼다. 맹위를 떨치던 대부는 천적을 만난 뱀처럼 겨드랑이 아래로 쑥 사라지는가 싶더니 후방에서 한 바퀴를 돈 후 오른쪽 어깨 위로 호선을 그리며 튀어나왔다. 대부는 정확히 장자이의 정수리를 쪼개갔다.

"악!"

놀란 장자이가 비명을 지르며 소월도를 발작적으로 휘둘렀다. 그건 목숨이 경각에 달린 이가 자신을 방어하기 위한 본능적인 움직임에 불과했다. 작정하고 내지른 고수의 대부를 피하기에는 너무나 미약한 동작이었다.

도끼가 장자이의 정수리를 쪼개려는 찰나.

깡!

요란한 쇳소리와 함께 도끼가 방향을 잃고 튕겨 나갔다. 조빙빙이 검을 휘둘러 도끼를 튕겨낸 것이다. 이어 조빙빙은 선풍구(旋風颶)의 수법을 발휘, 그 자리에서 질풍처럼 회전하며 장한의 어깨를 팔꿈치로 찍었다.

빡, 소리와 함께 부지불식간에 일격을 허용한 장한이 비칠
거리며 물러났다. 싸움이 멈추기가 무섭게 조빙빙과 장자이
는 어깨를 나란히 하며 자세를 바로잡았다. 아직 적은 많았고
언제 반격을 해올지 모르기 때문이었다.

"괜찮아?"

"고마워요."

장자이가 안전한 것을 확인한 조빙빙은 호흡을 가다듬고
다시 전방을 무섭게 노려보았다. 뒤쪽에서는 어느새 복면의
검수 대여섯 명을 쓰러뜨린 검노가 숨을 고르고 있었다.

조빙빙은 무언가 크게 잘못되었음을 다시 한 번 깨달았다.
자신과 장자이는 그렇다고 치더라도 검노와 같은 엄청난 초
고수를 대동하고도 관선 하나를 접수하지 못했다.

선장실까지는 단 한 걸음도 나아가지 못했다. 적중에 얼마
나 많은 고수가 숨어 있는지 몰라도 이런 식으로는 안 된다.

"장자이, 후방을 맡아. 선배께서 길을 열어주셔야겠어요."

"그러지."

검노가 힘주어 말하며 장자이와 자리를 바꾸었다. 그때 앞
쪽의 복면인들이 두 갈래로 갈라지더니 두 명의 괴인이 모습
을 드러냈다.

뾰족한 갈고리가 달린 괴를 든 자와 끝이 세 갈래로 뾰족
하게 갈라진 이랑도를 든 자였다. 모두 복면을 쓴 탓에 얼굴

을 볼 수는 없었지만 전신에서 뿜어져 나오는 기세가 여간 사납지 않았다.

"이것들은 또 뭐야?"

"시간이 없어요. 사람들이 더 몰려오기 전에 빨리!"

"피를 좀 봐도 되느냐?"

"어쩔 수 없죠. 손속에 사정을 두지 마세요."

"듣던 중 반가운 소리다."

조빙빙의 말이 떨어지기 무섭게 검노는 쇠사슬을 추려 잡고 휘둘렀다. 일만 마병을 이끌고 대륙을 가로지른 절대강자가 휘두르는 쇠사슬은 아무나 당할 수 있는 성질의 것이 아니었다.

복면인들은 앞서 조빙빙이 상대한 대부의 장한과 능히 어깨를 견줄 만한 실력들을 지니고 있었다. 특히 괴를 든 자는 내공과 싸움의 흐름을 보는 안법에 있어 앞서 대부의 장한보다 윗줄이었다.

당연하게도 그들은 아무나의 범주에 들지 않았다. 하지만 제약에서 벗어난 검노를 상대하기에는 턱없이 모자랐다.

콰광캉! 쩌저적!

병기와 쇠사슬이 격돌하면서 불꽃이 사방으로 튀었다. 쇠사슬에 맞은 범선의 바닥이 비명을 지르며 뜯겨 나갔다.

검노는 다 죽여 버리겠다는 듯 맹렬한 속도로 쇠사슬을 휘둘러 거치적거리는 것들을 죄다 치워 버렸다. 이어 활로가 열리자 무방비 상태가 된 선장실의 문을 힘껏 박찼다.

뻥! 소리와 함께 선장실의 문이 보기 좋게 터져 나갔다. 그 순간 섬뜩한 파공성과 함께 눈앞이 번쩍였다.

핑!

"엇!"

검노는 철판교의 수법을 펼쳐 고개를 뒤로 꺾었다. 섬광의 속도가 너무나 빨라 가슴까지 꺾을 여력이 없었다. 다행히 섬광은 그의 코끝을 아슬아슬하게 스쳐 갔다.

그 순간 두 번째 섬광이 번뜩였다.

이번엔 가슴이었다.

검노는 몸을 피할 겨를도 없이 소매를 질풍처럼 휘둘러 심장을 노리는 섬광을 쳐냈다. 딱, 소리와 함께 섬광을 만들어 낸 강전이 옆으로 퉁겨져 두꺼운 목판에 박혔다.

꼬리만 남기고 모두 박혀 버린 화살을 보자 검노는 모골이 송연했다. 불과 반나절 전에 화살 때문에 식겁을 한 그였다. 지금도 한 대가 중단부터 잘린 채 그의 엉덩이에 박혀 있지 않은가.

"어떤 개놈의 새끼가……!"

눈알을 부라리며 화살이 날아온 방향을 노려보던 검노의 두 눈이 휘둥그레졌다. 바로 그의 눈앞에서 또 다른 화살 한 대가 날카로운 촉을 번뜩이고 있는 게 아닌가.

제 키만 한 강궁을 부러질 듯 당긴 채 검노의 인중을 정확히 겨누고 있는 자는 뜻밖에도 이십 대의 아리따운 여자였다. 배에 오른 후 만난 군졸들 중 유일하게 복면을 쓰지 않은 사람.

"움직이면 죽는다."

여자가 서늘한 음성으로 말했다.

채 한 뼘도 안 되는 거리에서 터질 듯한 힘을 머금은 채 자신의 인중을 겨누고 있는 화살을 피할 사람은 그리 많지 않다.

"놈이 아니네……!"

"한 번만 더 허튼소리 하면 화살이 박힐 줄 알아라!"

여자가 시위를 더욱더 팽팽하게 당겼다.

"과연 그럴까?"

귀신같은 신법이 특기인 장자이는 어느새 여자의 곁으로 다가와 턱밑에 소월도를 쑤셔 넣고 있었다.

"그건 귀하들도 마찬가지."

서늘한 음성과 함께 조빙빙의 옆구리에도 검 한 자루가 붙었다. 조빙빙은 등에서 식은땀이 흐르는 걸 느꼈다. 비록 선장실이 좁기는 했지만 이처럼 가까이 접근할 때까지 일체의 기척을 느끼지 못했다.

슬그머니 옆으로 고개를 돌려보니 은발의 수염을 기른 노인이 용두장도를 들고 서 있었다. 그 역시 복면을 쓰지 않았다. 눈동자에 서린 한기는 좌중을 서늘하게 만들었다.

조빙빙은 본능적으로 저 노인이 무리의 좌장임을 깨달았다. 더불어 앞서 상대한 자들과는 비교도 할 수 없는 강자임을 알아보았다.

이들은 대체 어디서 나타난 자들일까?

이들이 누구든 통운관의 관선은 그야말로 호랑이 굴이나 다름없었다. 그때쯤엔 괴를 든 자와 이랑도를 든 자까지 들어왔고 선장실엔 때아닌 대치가 이뤄졌다.

"웬 놈들이냐?"

용두장도를 든 노인이 물었다.

"복면이 안 보이나 보죠?"

조빙빙이 말했다.

신분을 알려줄 것 같으면 왜 복면을 썼겠느냐는 뜻이다. 용두장도의 노인은 침잠한 표정으로 조빙빙의 눈을 응시했다. 이어 검노의 손목에 매달린 쇠사슬을 살피더니 표정을 굳혔다.

"혼세마왕?"

"……!"

"……!"

"……!"

검노, 조빙빙, 장자이의 얼굴이 샛노래졌다.

세 사람은 서로를 바라보며 이게 무슨 일이냐는 표정을 지었다. 무언가 잘못되어도 크게 잘못되었다. 그때 조빙빙의 시야에 용두장도의 노인 너머로 한 사람의 모습이 들어왔다.

장대한 기골에 번쩍이는 미늘 갑옷을 입은 자였는데 한눈에 보기에도 그가 이 관선을 지휘하는 무장(武將)임을 알 수 있었다.

한데 그의 모습이 어딘가 이상했다.

사지가 뻣뻣하게 굳은 채로 바닥에 널브러졌는데, 무언가 화나는 일이 있었는지 콧김을 펑펑 뿜어내고 있었다.

조빙빙은 그가 마혈을 짚였음을 깨달았다.

무장에게서 멀지 않은 곳엔 막 운기행공을 끝낸 세 사람이 천천히 몸을 일으키고 있었다. 땀에 흠뻑 젖은 몸으로 뒤늦게 병장기를 집어 드는 그들을 보는 순간 조빙빙과 검노, 그리고 장자이의 얼굴은 사색이 되었다.

"저놈들은……!"

검노가 나지막하게 말했다.

그들은 어제 낮 석가장의 비무대에서 살극달에게 곤죽이 되도록 얻어터졌던 목추경, 꼽추, 그리고 변발의 몽골인이었다.

그제야 세 사람은 이들의 정체를 알아차렸다.

이들은 살극달이 말한 수라마군의 수하들이었다.

"당신들이 어떻게 여길……?"

조빙빙이 말했다.

"오히려 우리가 묻고 싶은 말이오. 귀하들이 왜 여길 온 거요?"

용두장도의 노인 홍적산이 물었다.

그의 칼은 여전히 조빙빙의 옆구리에 붙어 있었다. 한 푼의 힘만 주면 조빙빙은 즉사를 하고 말리라.

"아마 그쪽들과 같은 이유인 듯하군요."

당황한 마음에 왜 여기에 있냐고 물었지만, 사실 조빙빙은 어떻게 된 영문인지 알고 있었다. 수라마군의 수하들은 구패의 추격이 거세지자 이곳 관선을 탈취한 후 몸을 숨기고 있던 것이다.

상황이 애매했다.

조빙빙 일행은 수라마군이 혈기대주 하원일을 죽인 범인이 아니라는 걸 아직 알지 못했다. 그들이 이곳 양주로 온 것은 오직 한 가지, 십중팔구 범인이라고 짐작되는 수라마군을 잡기 위해서였다.

한데 살극달과 수라마군은 동시에 구패가 파놓은 함정에 간혔고 아직 생사조차 알지 못한다. 각자의 주장을 제삼의 적에게 빼앗긴 상태에서 대치하게 되었으니 이렇게 난감한 경우도 없었다.

"군졸들은 어떻게 했죠?"

조빙빙이 물었다.

혼란한 와중에도 그녀는 일단 그것부터 챙겨야 했다. 만약 저들이 관군을 모조리 죽여 버렸다면, 그래서 만에 하나 자신들이 그 죄를 뒤집어쓴다면 후폭풍을 감당하기 어려웠다.

"선실에 모두 가둬두었지."

"그건 잘했군요."

"이제 어쩔 셈인가?"

"어쩌긴 뭘 어째. 여긴 우리가 접수한다!"

검노가 빽 소리를 질렀다.

그와 동시에 사방에서 에워싸고 있던 수라마군의 수하들이 벌떼처럼 기세를 피워 올렸다. 홍적산의 한마디면 세 사람을 벌집으로 만들어 버릴 기세였다.

"이것들이 내가 누군지 알면서도……!"

검노가 이빨을 드러내려는 순간, 우당탕 소리와 함께 갑판으로부터 한 사람이 뛰어 내려왔다.

매상옥이었다.

"배가 한 척 접근해 오고 있습니다."

第八章
조빙빙의 지략

"어떤 배죠?"

조빙빙이 물었다.

"아무래도 소란을 듣고 다가온 것 같은데 지금으로선 정체를 알 수 없습니다. 뱃전에 아른거리는 그림자로 보아 대략 십여 명이 탄 듯하고요."

숫자가 중요한 게 아니다.

열 명이 탔든 백 명이 탔든 일단 소란이 일어나면 운하에 떠 있는 모든 배가 집결할 것이다.

"얼마나 가까이 왔나?"

홍적산이 물었다.

당황하기는 그 역시 마찬가지였다.

어찌 된 영문인지를 모르는 매상옥은 홍적산을 향해 눈알을 부라렸다. 당신이 뭔데 그걸 물어보느냐는 뜻이었다.

"대답하세요."

조빙빙이 말했다.

매상옥은 잠시 어리둥절한 표정을 짓더니 답했다.

"삼십여 장쯤? 금방 들이닥칠 거요."

조빙빙은 재빨리 고개를 돌려 홍적산을 향해 말했다.

"일단 저것부터 해결하는 게 어때요?"

"방법이 있나?"

"일단 이것부터 좀 치워주시죠."

조빙빙은 자신의 옆구리에 붙어 있던 홍적산의 용두장도를 내려다보았다. 홍적산은 잠시 머뭇거리는 듯했지만 이내 조빙빙의 옆구리에 붙였던 용두장도를 천천히 치웠다.

그 순간 검노가 벼락처럼 손을 뻗었다. 막소화의 팽팽하게 당겨진 시위가 폭발한 것도 동시였다. 검노의 눈썹이 떨리는 것까지도 예의주시하고 있던 막소화였다. 간발의 차이로 늦게 화살을 쏘았다고는 하나 아래로 내렸던 팔을 들어올리는 것과 화살이 시위를 떠나는 것을 비교할 수는 없는 일이다.

그런데도 막소화의 화살은 시위를 떠나지 못했다. 화살은 채 한 뼘도 나아가지 못하고 검노의 손바닥에 잡혀 버렸다.

그 순간, 장자이가 반사적으로 소월도를 휘둘러 막소화의 목을 베어갔다. 복면인들도 일제히 검을 휘둘러 갔다.

"멈춰!"

"멈춰!"

조빙빙과 홍적산이 동시에 소리쳤다.

움찔 놀란 장자이가 아슬아슬하게 칼을 멈췄다. 복면인들도 칼을 멈췄다. 조빙빙이 서둘러 매상옥을 향해 말했다.

"매 공자, 갑판에 쓰러져 있던 세 사람을 빨리 데려오고 그들과 옷을 바꿔 입으세요. 역용도 다시 하고요."

"알았습니다."

매상옥이 갑판으로 쏜살같이 사라졌다.

홍적산이 수하들에게 눈짓을 해 도와주라는 신호를 보냈고, 세 명이 더 갑판으로 올라갔다. 조빙빙은 검노와 장자이에게 함부로 행동하지 말라는 눈짓을 보낸 후 한쪽 구석에서 뻣뻣하게 굳어 있는 무장에게 다가갔다.

"이름이 뭐죠?"

무장은 잡아먹을 듯 눈알을 부라리고 입술을 씰룩거릴 뿐 대답을 하지 않았다. 조빙빙은 홍적산이 아혈만은 짚지 않았음을 알고 있었다. 저렇게 누운 상태에서 아혈을 짚이면 침을 흘리기 때문이다.

"살고 싶지 않나요?"

"감히 대명국의 무장을 건드리고도 네놈들이 살기를 바랐더냐! 이제 곧 군대가 몰려와⋯⋯."

"난 단지 이름을 물었을 뿐이에요."

"⋯⋯!"

"⋯⋯."

"곤오다."

"곤 대협, 대명국의 무장씩이나 되는 분이시니 지금의 상황이 어떻게 돌아가고 있는지는 알고 있겠죠? 지금부터 내가 한 가지 부탁을 할 거예요. 그걸 잘 수행하면 당신은 동이 틀 무렵 수하들을 이끌고 다시 일상으로 돌아갈 수 있어요. 하지만 실패를 하면 수하들은 모르겠지만 당신은 차라리 죽는 게 나은 상황에 처하게 될 거예요."

곤오는 조빙빙이 자신에게 어떤 일을 시키려는지 즉각 알아차렸다.

"그따위 협박에 넘어갈 내가 아니다. 지금이라도 혈도를 풀어주고 석고대죄한다면 목숨만은 살려주마!"

"당신이 하지 못한다면 우리 중 누군가가 당신 역할을 할 거예요. 그럼 아주 곤란해져요."

"크하하. 석가장의 무인들 중 내 얼굴을 모르는 이가 많지 않다. 내가 아니면 절대로 너희를 구해줄 수 없다. 어서 혈도를 풀지 못할까?"

"생피면구라는 말을 들어보셨나요?"

"……!"

"살아 있는 사람의 얼굴 가죽을 목에서부터 얇게 뜬 다음 뒤집어쓰는 거죠. 일반적인 인피면구와 달리 약물처리를 하지 않기 때문에 단 한 번, 그것도 일다경 정도밖에 쓸 수가 없어요. 하지만 아무도 알아채지 못할 만큼 완벽하죠."

"그, 그게 무슨……."

그때쯤 매상옥과 홍적산 쪽 인물들이 갑판에 널브러져 있던 자들을 끌고 내려왔다. 그들은 물론 홍적산의 수하들이었다.

관선을 탈취하기 전에 홍적산은 비영들 외에도 이십여 명의 수하들과 조우했고 함께 움직였다. 조빙빙 일행이 갑판에서 만난 초병들은 바로 그들 중 일부였다.

"배가 지척에 다가왔습니다. 서둘러야 합니다."

매상옥이 말했다.

조빙빙이 곤오를 돌아보며 물었다.

"이제 결정을 해주세요."

곤오는 잠시 고민했다.

선택의 여지가 없다면 일단은 이들이 하자는 대로 해야 한다. 그러다 기회를 봐서 접근해 오고 있다는 배의 무인들과 함께 이들을 처치하면 되지 않겠는가.

돌아가는 분위기로 보아 십중팔구 구패의 고수들이 탄 배인 것 같은데 그들이라면 되었다. 지금 통운관의 관선을 접수한 놈들도 하나같이 무공이 예사롭지 않은 놈들이었지만, 여차하면 순간 자신은 물속으로 뛰어들어 버리면 된다.

그럼 자기들끼리 알아서 싸울 것이다.

일단 소란만 일으키면 사방에서 다른 배들이 새까맣게 몰려올 테고 그럼 모든 게 해결된다.

'여기서 빠져나가기만 하면 내 반드시 군대를 이끌고 와 네놈들을 한 놈도 남기지 않고 죽여 버리리라!'

이윽고 결심이 선 곤오가 말했다.

"약속은 지키리라 믿는다."

"물론이죠."

"내가 어떻게 하면 되지?"

"그전에."

조빙빙이 장자이를 향해 고개를 돌리며 물었다.

"전날 매 공자에게 먹였던 거 있지?"

"네?"

"그것 때문에 하마터면 그에게 죽을 뻔했잖아."

말을 하면서 조빙빙은 한쪽 구석에서 뻣뻣하게 굳어 있는 무장을 힐끗 곁눈질했다. 장자이 역시 무장을 곁눈질하고는 무언가 깨닫는 게 있었다.

전날 자하부에서 장자이는 매상옥과 살극달에게 해독제라며 염소똥을 먹였다가 하마터면 매상옥에게 죽임을 당할 뻔했다.

그때 물건이 아직까지 있을 리 없다.

조빙빙의 말은 해는 없되 잠깐 속일 수 있는 무언가가 있으면 달라는 뜻이었다. 장자이는 품속을 뒤져 밀랍으로 싼 단알 하나를 꺼내 주었다.

"중독되지 않도록 조심히 다루세요. 해독제가 한 알밖에 남지 않아서."

장자이는 조빙빙만 알 수 있도록 눈을 찡긋해 보였다. 조빙빙은 그걸 받아 들고는 무장을 향해 다가갔다. 이어 목과 입 주위의 혈도 몇 군데를 재빠르게 때렸다. 그러자 무장이 거친 숨을 토해내며 입을 쩍 벌렸다.

그 순간 조빙빙이 장자이에게 받은 단약을 무장의 입에 넣고 또다시 혈도를 짚었다. 타다닥 하는 소리와 함께 무장이 제 의지와는 상관없이 검은 단약을 꿀떡 삼켰다.

무장의 얼굴이 붉으락푸르락해졌다.

"이, 이게 무슨 짓이냐!"

"흑명고(黑名膏)라는 물건이에요. 그닥 특별할 건 없는 독이죠. 석가장에만 들어가면 해독할 수 있을 만큼, 문제는 시간이 길지 않다는 거죠. 반 각 안에 해독제를 먹지 못하면 창자가 곤죽이 되어 흘러내릴 거예요."

작은 어선이었다.

이렇다 할 병력도 없이 달랑 열 명만 타고 있었다. 하지만 뇌전이 그려진 백의장삼과 등을 가로질러 맨 장궁, 그리고 어깨 위로 삐죽하게 솟은 전통 속에 가득한 황금깃의 화살들을 보는 순간 조빙빙은 소름이 돋았다.

특히 뱃머리에 선 장대한 체구의 노인을 보는 순간 조빙빙은 자신과 일행의 목숨이 경각에 달렸음을 깨달았다.

이종학이 문내 최강의 힘 뇌궁대를 이끌고 온 것이다.

조빙빙은 불현듯 자신이 직접 관복을 갈아입은 것이 후회되었다. 다시 한 번 역용을 하고 옷도 세 벌을 껴입어 남자처럼 위장했지만 이종학의 눈썰미를 피할 수 있을지 염려가 되었다.

[명심하세요. 당신과 딱 한 걸음 뒤에 내가 있다는 걸.]

조빙빙은 관선의 무장 곤오에게 전음을 보낸 후 슬쩍 등을 떠밀었다. 곤오가 떨떠름한 표정으로 난간을 향해 다가갔다.

"웬 작자들인가?"

곤오가 지금의 기분을 표현한 듯 짜증스럽게 외쳤다. 그는 눈앞의 노인이 당금 무림을 좌지우지하는 구 인의 패주 중 한 명이라는 걸 까맣게 몰랐다. 한 번도 본 적이 없기 때문이었다.

"신비루에서 온 이종학이라고 하오."

이종학의 입에서 묵직한 저음이 흘러나왔다.

딱히 기세를 피워 올리지 않았음에도 불구하고 막강한 압력이 뿜어져 나와 사람들을 압박했다.

"이종학이면…… 혹, 동악뇌성 이종학?"

"대명국의 무장께서 보잘것없는 인사의 허명을 알아주셔서 감사하오."

이종학이 정중하게 포권지례를 했다.

그는 빛나는 갑옷으로 미루어 곤오가 관선을 책임지는 무장이라는 걸 한눈에 알아보았다. 무공으로 따지자면 한 주먹거리도 안 되는 상대였지만 그래도 군문의 인물이 아닌가.

함부로 대할 수는 없는 처지였다.

나타난 사람이 때아닌 고수인지라 곤오는 등줄기에 식은 땀이 흘렀다. 비록 무림인은 아니었지만 그 역시 무공을 익혔고, 하남의 동악뇌성이라는 노인이 얼마나 대단한 경지를 이룬 궁사인지는 귀가 따갑도록 들어서 알고 있었다.

"한데 루주께서 야심한 시각에 여긴 어쩐 일로……?"

상대의 신분을 확인한 곤오는 저도 모르게 말꼬리를 흐렸다. 허리도 자연스럽게 굽어졌다. 반면 이종학은 여전히 꼿꼿한 허리로 물었다.

"그보다 귀하의 존성대명은 어찌 되시는지?"

즉답을 피한 채 이름을 물어오는 이종학의 태도에서 자신을 질책하는 기색을 읽은 곤오는 다시 한 번 등이 축축해지는 것을 느꼈다.

"곤오라고 합니다. 관선을 책임지고 있지요."

곤오가 뒤늦게 자신을 소개했다.

말투도 공손하기 짝이 없었다.

자신은 관부의 인물인지라 이종학이 지금은 저렇게 대접을 해주지만, 언제든 수가 틀리면 한칼에 죽이려 들지도 모른다. 인적없는 외길에서 만났다면 오히려 그를 향해 부복을 해도 모자랄 것이다.

"그렇구려. 한데 배가 닿을 때마다 무장께서 직접 나와보시는 게요?"

"그건……."

곤오가 말꼬리를 흐렸다.

몇 걸음 뒤에 있던 조빙빙은 정신이 번쩍 들었다. 낯선 배가 당도했다고 해서 관선의 선장인 곤오가 직접 나와볼 리 없다.

더구나 게으른 관리들이 곤히 잠들어 있을 시각이고 보면 일단은 아랫사람들에게 상황을 알아보게 하는 것이 자연스럽지 않은가.

이종학은 그 점을 정확히 꿰뚫어 보았다.

어둠 속에서 조빙빙의 입술이 미세하게 달싹거렸다. 약간의 차이를 두고 곤오가 말했다.

"수하들에게 술을 좀 내었더니 이놈들이 내가 잠든 사이에 주먹다짐을 했다기에 나와본 것입니다. 한데 무슨 일로 오신 건지요?"

"양주구 통운관선의 선장과 석가장은 꽤 긴밀한 사이라 들었소. 노부 또한 석가주와 막역한 사이니 따지고 보면 우리는 남이 아니지요?"

"그렇다고… 볼 수도 있지요."

"실례가 되지 않는다면 일단 배에 올랐으면 하오만."

당황한 곤오는 온몸에서 핏기가 빠져나가는 것 같았다. 지금 갑판 아래의 선실에는 적들이 우글우글 모여 있다. 만에 하나 들키기라도 하는 날엔 정말로 골치 아파진다.

"그, 그렇게 하십시오."

곤오는 결국 승낙했다.

거절할 수 있는 상황도 아니었지만, 조빙빙이 전음으로 명령을 내렸기 때문이기도 했다.

조빙빙으로서는 그럴 수밖에 없었다.

작심하고 온 듯한데 이대로 이종학을 물러가게 한다면 의심만 살 뿐이었다. 어차피 한 번은 배에 오를 상황이라면 자연스럽게 허락하는 것이 나았다.

어선의 뱃머리가 살짝 짓눌러지는가 싶더니 이종학의 신형이 서너 장 건너의 범선 위로 가볍게 뛰어올랐다.

그 신법이 표홀하기 그지없었다.

약간의 차이를 두고 이종학이 이끌고 온 뇌궁대의 궁수 십 인이 뒤를 이었다. 하나같이 놀라운 신법의 소유자들이었다.

이종학은 자연스럽게 갑판을 쓸어보았다.

갑판엔 곤오 외에도 군졸로 위장한 조빙빙, 장자이, 매상옥, 공손아랑, 표무종 등이 있었다. 물론 그들은 평소 들고 다니던 각자의 병기 대신 창을 들었다.

"정녕 무슨 일이십니까?"

곤오가 다시 물었다.

처음 고수가 나타나 정체불명의 괴한들을 죽여주길 바랐던 것과 달리 곤오는 이종학이 조용히 물러가기만을 바라고 또 바랐다. 만에 하나 싸움이 벌어지게 되면 제시간 안에 해독제를 구하는 길이 요원해지기 때문이다.

"실은 일각쯤 전에 통운관의 배에서 다투는 소리가 나고 횃불이 흔들린다는 보고를 받았지요. 해서 이렇게 실례를 무릅쓰고 온 것이외다."

"그 사정에 대해선 내가 이미 말씀을 드렸습니다. 한데, 그런 이유로 무림의 고인께서 관선을 수색하기라도 하시겠다는 겁니까?"

곤오는 젖 먹던 힘까지 쥐어짜 은근한 압력을 넣었다. 하지만 막강한 이종학의 기도에 짓눌려 다리가 바들바들 떨리고 있었다. 이종학은 날카로운 눈으로 곤오를 직시하며 말했다.

"그럴 리가 있겠소? 노부는 단지 여러분의 안위가 걱정되었을 뿐이외다. 대충 아시는지 모르지만 석가장에서 용봉지연이 열리던 중 마인들 몇 명이 탈출을 하였소. 아주 흉악무도한 놈들이니 각별히 조심하셔야 할 거외다."

"잘 알겠습니다. 이 몸은 피곤하여 이만 쉴까 하니 루주께서는 더 볼일이 없으면 그만 하선을 해주시기 바랍니다."

거듭되는 축객령에도 불구하고 이종학은 단 한 발자국도 움직이지 않았다. 오히려 뒷짐을 진 채 한 손으로 은발의 수염을 쓰다듬으며 말했다.

"나랏일로 노고가 많겠지요. 하지만 노부에게 약간의 시간을 더 내주시오. 내 귀하에게 긴히 할 말이 있소이다."

"무슨 말씀이신지?"

"강바람이 차오. 실례가 되지 않는다면 잠깐 선실에서 독대를 했으면 하오만."

"그건 곤란합니다."

곤오의 목소리가 저도 모르게 빨라졌다.

"무슨 말 못할 사정이라도 있으신 게요?"

"그런 것이 아니오라 이 몸이 너무 곤하여……."

그냥 싫다고 당당히 말하면 될 것을 곤오는 당황스러워 어찌할 줄을 몰랐다. 상대가 제아무리 신비루의 루주라고 해도 군문의 무장이 싫다는 데야 어쩔 것인가.

하지만 곤오는 그러지 못했다. 켕기는 게 있는데다 이종학이 뿜어내는 엄청난 기도에 잔뜩 주눅이 든 탓이었다.

"정중히 부탁하겠소."

말과 함께 이종학은 곤오에게 정중한 포권지례를 올렸다. 곤오가 당황해 어쩔 줄을 모르는 사이 이종학은 뒤로 돌아서서 함께 온 뇌궁대의 고수 십 인에게 엄한 목소리로 말했다.

"너희는 여기 있어라."

이어 이종학은 곤오의 허락도 기다리지 않고 선실을 향해 앞장섰다. 마땅히 제지할 말을 찾지 못한 곤오는 도살장에 끌려가는 소처럼 뒤를 따랐다. 주인이 제집에서 객에게 안방을 내주는 격이었다.

뇌궁대는 이종학의 명령대로 갑판에서 꿈쩍도 하지 않았다. 조빙빙의 눈에 사색이 된 장자이와 매상옥 등의 얼굴이 들어왔다.

어찌해야 할지를 묻는 것이다.

이종학은 곤오에게 독대를 요청했다.

그가 이끌고 온 뇌궁대에게 여기 머물라고 한 것도 사실은 군졸로 위장한 조빙빙 등에게 하는 말이었다.

'운에 맡기는 수밖에……'

조빙빙은 갑판에서 꿈쩍도 하지 않는 것으로 대답을 대신했다.

곤오와 함께 선실로 내려간 이종학의 눈에 가장 먼저 보인 것은 커다란 공간이었다. 바깥에서 볼 때와 달리 범선의 아래는 예상했던 것보다 넓었다. 바닥과 벽은 일정한 간격으로 굵은 나무가 갈비뼈처럼 형체를 이루고 있었는데 흡사 고래의 뱃속에라도 들어온 것 같았다.

한쪽엔 비단과 마포, 곡물 따위의 노획물이 여기저기 쌓여 있었다. 통운관의 관선이니 갖가지 방법을 동원해 상선의 고혈을 빨아먹었을 것은 당연했다.

이어 보이는 것은 곳곳에 뿌려진 작은 탁자 위에 널브러진 술과 음식들이었다. 두 사람의 등장에 술을 마시던 군졸들이 자리에서 벌떡 일어났다.

아마도 오늘의 노획물을 자축하는 자리인 모양, 코를 찌르는 냄새와 불콰하게 취한 얼굴로 보아 술자리가 만들어진 지 꽤 된 모양이었다. 숫자는 대략 이십여 명, 뱃일을 하는 탓인지 하나같이 기골이 좋았다.

"매양 이런 것은 아니올시다."

곤오가 겸연쩍은 듯 말했다.

이종학의 시선은 선미 쪽 선장실을 향했다.

문이 활짝 열려 있는 선장실의 탁자 위에도 술과 음식이 놓여 있었다. 선실의 그것보다는 깔끔했지만 역시나 지저분하기는 마찬가지였다. 군졸은 한 명도 보이질 않았다.

"배의 규모에 비해 선원이 좀 적은 듯하구려."

"선수 쪽에 선실이 하나 더 있습니다. 나머진 그곳에서 곯아떨어졌나 보군요."

"범선의 내부를 본 것은 처음이외다. 한 번 식견할 수 있겠소?"

"그건 곤란하……."

곤오의 말이 끝나기도 전에 이종학은 선실 쪽으로 향했다. 단지 서너 걸음을 옮겨 디뎠을 뿐인데 그는 순식간에 대여섯 장 밖의 선실문을 열고 있었다. 어슴푸레한 호롱불 아래 선실의 광경이 드러났다.

이종학의 눈이 휘둥그레졌다.

노획물들을 왜 저렇게 바깥에 쌓아두나 했더니 선실에도 정체불명의 가마니가 빈 곳이 없을 정도로 꽉 차 있었다. 왠지 모를 눅눅함과 바람에 묻어나는 짠맛으로 보아 소금 가마니가 틀림없었다.

통운관의 관선에 이토록 많은 소금이 실려 있을 이유가 없다. 아마도 해사방의 배들에게서 빼앗은 밀염(密塩)인 모양이었다.

소금은 일부 지방에서 현금으로 사용할 정도로 환금성이 좋은 물건이니 작자만 만나면 언제든 은전으로 바꿀 수 있으리라. 곤오가 그처럼 곤란해한 것이 아마도 이런 치부 때문인 것 같았다.

그 사이사이 한 뼘의 낭비도 없이 놓인 십여 개의 삼 층 침상에 과연 적지 않은 숫자의 군졸들이 이불을 아무렇게나 뒤집어쓰고 자는 중이었다.

몇 놈은 인기척에 일어날 법도 하건만 얼마나 술을 폈는지 하나같이 시체처럼 꿈쩍도 하지 않았다.

"험험, 루주께서는 무림인이시니 관의 일에는 개입을 하지 않으시겠지요?"

곤오가 말했다.

양민의 밑천을 약탈하고 소금을 밀매하는 것이 관의 일은 아닐 터, 곤오의 말은 오늘 본 것들을 모른 척해달라는 뜻이다.

"그만 가봐야겠소."

이종학이 말과 함께 돌아섰다.

"긴히 하실 말씀이 있다고 하지 않으셨던가요?"

"중요한 일이 있다는 걸 깜빡했소."

아무것도 찾지 못한 이종학은 선실을 나와 갑판에서 기다리고 있던 뇌궁대의 고수들과 함께 어선을 타고 사라졌다.

*   *   *

"지금 운하 위에서 가장 큰 배를 가진 자가 누구인가?"

관선이 멀어질 즈음 이종학이 말했다.

"교룡방의 방주께서 흑룡선(黑龍船) 한 척을 이끌고 와 있습니다."

냉좌기가 말했다.

"병력과 무장은?"

"일설에 듣기로 흑룡선은 최대 쉰 명이 탈 수 있는 범선으로 선원들은 하나같이 쇠뇌와 갈고리 등으로 무장을 했다고 합니다."

"지금 즉시 흑룡선으로 향한다. 횃불을 끄고 배를 돌려라."

"알겠습니다."

*   *   *

사람들은 어선을 타고 저만큼 멀어져 가는 이종학과 뇌궁대의 고수들을 바라보고 있었다. 잠시 후에는 좀 전까지 보이지 않던 검노와 홍적산 일당도 선실에서 나와 갑판에 섰다.

사정은 이러했다.

애초 의문의 배가 다가온다는 말을 들었을 때 조빙빙은 이종학이 어떤 수를 써서라도 선실을 뒤져볼 것이라고 생각했다.

해서 홍적산의 수하들은 군졸로 변장을 시켜 술과 고기를 먹던 것처럼 위장했다. 홍적산이 범선을 접수할 때 그런 상태였기 때문에 치워둔 술과 음식을 다시 내오면 되었다.

그리고 원래 있던 군졸들은 모두 혈도를 짚어 선실에 쑤셔 넣고는 이불을 뒤집어씌워 자는 것처럼 만들었다.

그들 속에 검노와 홍적산 등이 병장기를 꼬나 쥔 채 누워 있었다. 이종학이 그들 하나하나를 살펴볼 수도 있었지만 그것까지는 어쩔 수 없는 노릇이었다. 다행히 이종학은 더 깊이 수색을 하지 않았다. 그야말로 천운이라고밖에는 할 수 없었다.

"하마터면 들통 나는 줄 알았네. 후유."

매상옥이 땅이 꺼져라 한숨을 쉬었다.

"운이 좋았어."

장자이가 말했다.

역시나 얼굴엔 안도하는 기색이 역력했다.

"썩을, 제 발로 들어온 놈을 놓쳤어."

검노가 못마땅하다는 투로 말했다.

홍적산과 함께 선실에 누워 있을 때 그는 목소리를 듣고 이종학이 왔음을 눈치챘다. 그 즉시 쇠사슬을 추려 잡고 슬그머니 일어서려는데 홍적산이 손목을 움켜잡고 필사적으로 막았다.

이어 전음으로 전하길 '그는 당신이 누군지 알면서도 홀로 들어왔소. 그를 과거 구대문파의 명숙들에 비교하면 안 되오'라고 말했다.

검노는 이를 악물며 참았다.

홍적산의 만류가 있기도 했지만 이종학을 쳐 죽였다간 배가 시끄러워질 테고, 그럼 운하가 벌집을 건드린 것처럼 소란스러워질 테니까.

갑판에 모인 사람들은 모두 안도의 한숨을 내쉬기 바빴다. 이종학의 무공도 무공이지만 이곳에 숨어 있다는 걸 들키는 날엔 운하에 있는 모든 배가 개미처럼 몰려들어 수장당할 게 뻔했다.

"표정이 왜 그러신가?"

홍적산이 조빙빙에게 물었다.

"횃불을 껐어요."

"횃불……?"

홍적산은 별 생각 없이 조빙빙이 바라보는 곳으로 시선을 던졌다. 과연 저만큼 멀어지던 이종학의 배에서 횃불이 사라졌다.

깜깜한 밤중인 탓이라 횃불을 끄는 것만으로도 배는 완벽하게 자취를 감추어 버렸다.

왜 갑자기 횃불을 껐을까?

홍적산의 얼굴이 딱딱하게 굳었다.

뒤늦게 조빙빙과 홍적산 사이에 감도는 기류를 읽은 사람들이 숨을 죽였다.

"바람이 불어 꺼진 게 아닐까요?"

매상옥이 조심스럽게 말을 했다.

하지만 한 번 무거워진 공기는 좀처럼 가벼워질 줄을 몰랐다. 홍적산의 수하들도 뭔가 개운치 않은 듯 하나같이 딱딱한 표정들이었다.

"아무래도 정탐을 하고 돌아간 듯싶군요."

조빙빙이 말했다.

"처음부터 정탐할 생각이었나?"

홍적산이 말했다.

이종학이 눈치를 챘다는 걸 기정사실화하는 말이었다. 사람들은 매우 놀랐다. 분위기가 가라앉는 순간부터 어느 정도 짐작은 했지만 홍적산이 단정을 내리자 그 위험이 훨씬 구체적으로 와 닿았다.

"그건 너무 위험해요."

"그럼 왜 모른 척한 거지?"

"그건 아마 우리 때문일 거외다."

갑작스러운 목소리에 사람들은 일제히 소리가 난 곳을 돌아보았다.

갑판 아래에서 세 명이 걸어나오고 있었다.

얼굴의 반쪽을 강철 투구로 가린 이비영 목추경, 작달막한 초자곤을 든 꼽추 삼비영 맹조, 변발에 백 근의 장창을 든 사비영 홍비쉬였다. 선실에서 운기요상을 끝내고 나오는 모양이었다.

"네 이놈, 나를 알아보겠느냐?"

검노가 목추경을 향해 대뜸 말했다.

"용케도 살아 있었구려."

"후후. 원수는 외나무다리에서 만난다더니 여기서 너를 다시 볼 줄이야."

목추경이 걸음을 멈추고 슬그머니 보폭을 벌렸다.

"염려 마라. 적의 적은 곧 아군이라는 말도 있거니와 놈들을 때려잡고 살극달과 수라마군을 구출할 때까지는 손을 잡기로 했다. 안 그렇냐? 홍 가야?"

검노가 홍적산에게 시선을 던지며 물었다.

사실 검노의 이 말은 전혀 오간 얘기가 없는 상태에서 일방적으로 묻는 말이었다. 나이를 먹으면 가까운 곳은 잘 안 보여도 먼 곳은 잘 보이는 법이다. 홍적산은 검노의 의도를 알아차리고는 목추경을 위시한 수하들을 돌아보며 말했다.

"경거망동을 삼가라."

정확히 힘을 합치겠다는 뜻이라고 보기에는 어려운, 다소 애매모호한 말이었다.

"자자, 언젠가는 피차 피를 볼 사이에 수인사 따위는 필요 없겠지? 아까 하던 얘기를 마저 해보자고."

간단하게 상황을 정리한 검노가 목추경을 바라보았다. 사람들의 시선도 검노를 따라 목추경을 향했다.

목추경이 천천히 입을 열었다.

"처음엔 귀하들만을 생각하고 왔다가 우리까지 있는 걸 알고는 일이 간단치 않음을 깨달은 거외다. 해서 지원 병력을 데리러 갔을 겝니다."

"나는 혼자서도 잡을 수 있지만 네놈들까지는 무리다?"

검노가 입술을 씰룩이며 물었다.

그도 그럴 것이 목추경의 말은 은근히 그 자신들을 검노보다 높은 곳에 두는 듯한 투였기 때문이었다. 결국 못마땅하다는 뜻인데 목추경의 생각은 달랐다.

검노가 세기에 한 번 나올까 말까 한 대단한 고수이기는 하지만 그는 이미 서산에 걸린 해다. 자신을 포함해 팔 인의 비영이면 결코 검노에게도 밀리지 않다고 생각했다.

하지만 목추경은 속내를 감추고 말했다.

"이종학이 노련한 거지요. 섣불리 행동했다간 벌집을 건드린 꼴이 될 테니 지원 병력을 끌고 와 한 방에 더욱 정밀한 타격을 가하자……."

"가만, 그렇다면 조금 전 우리는 이종학을 사로잡을 수 있을 절호의 기회를 놓친 셈이잖아요."

갑작스러운 장자이의 말에 사람들의 표정이 굳었다. 상황이 이렇게 되고 보니 과연 그렇지 않은가. 어차피 들킬 상황이었다면 이종학을 인질로 잡는 것이 훨씬 나았다. 그랬다면 최소한 활로는 확보할 수 있었을 것이다.

"그러니까 내가 잡는다고 할 때 말리지 말았어야지!"

검노가 다시 생각해도 아까운 듯 역정을 냈다.

"이게 다 당신들 때문이오."

초자곤을 든 꼽추 맹조가 말했다.

"들킬 뻔한 걸 살려준 게 누군데 그런 소리를 하는 거죠?"

장자이가 으르렁거렸다.

"당신들이 이 배에 올라타지만 않았어도 이종학이 오는 일은 없었겠지."

변발의 거한 홍비쉬였다.

"운하의 관선에 임자가 따로 있나. 어차피 강도들이긴 당신들이나 우리나 마찬가지지!"

매상옥이 발끈하며 나섰다.

"하나같이 철면피가 따로 없군."

장궁을 든 막소화였다.

"이것들이 아직 된맛을 못 봤군. 여러 말 할 것 없이 지금 피를 보자고!"

말과 함께 검노가 쌍심지를 켰다.

사람들이 저마다 병장기를 뽑아 들면서 갑판엔 다시 살벌한 분위기가 감돌았다. 아슬아슬한 대치는 홍적산과 조빙빙에 의해 저지됐다. 두 사람이 동시에 외쳤다.

"다들 멈춰!"

"다들 멈춰요!"

조빙빙은 일단 검노를 진정시키고 난 후 홍적산을 향해 말했다.

"앞서 두 분 선배께서 합의하셨다시피 선후는 나중에 따지기로 하고 일단 힘을 합쳐야 해요."

"좋은 생각이라도 있나?"

홍적산이 물었다.

"그보다 먼저 당신들은 어떻게 할 작정이었죠?"

"딱히 계획은 없었네. 해가 뜰 때까지 놈들의 눈에 띄지 않으려다 보니 관선을 택하게 됐지. 귀하들이 찾아오는 바람에 일이 꼬였지만."

"해가 뜬 다음에는 어떻게 할 작정이었죠?"

"동이 터 오르는 것을 신호로 양주 전역에 매복해 있는 오백의 병력이 석가장을 공격하기로 되어 있네. 우리는 그 선봉을 맡을 참이었지."

"오백의 병력과 연락이 된단 말인가요?"

"연락은 없었네. 다만 주공께서 비무대에 오르시기 전 모두에게 내린 명령이지."

"일이 이렇게 될 걸 어떻게 알고……."

"주공께선 놈들에게 잡힌 게 아니네."

"그게 무슨……!"

조빙빙을 필두로 검노, 매상옥, 장자이는 눈이 휘둥그레졌다. 홍적산의 말대로라면 수라마군은 일부러 잡혔다는 것이 아닌가. 그러고 보니 살극달 역시 그런 듯한 느낌이 적지 않왔다.

"자, 이제 어쩔 셈인가?"

홍적산이 물었다.

"계획대로 해야죠."

"어떻게?"

조빙빙은 대답 대신 어둠에 잠긴 운하를 바라보았다. 곳곳에 불을 밝히고 있던 배들이 하나둘씩 어둠 속으로 사라지고 있었다. 갑판과 선실에 있던 등롱을 끈 탓이다.

이유는 자명하다.

적들은 어둠 속에서 범선을 향해 전속력으로 돌진하고 있었다.

"일단 횃불을 모두 꺼야겠군요."

"그런 다음엔?"

"도주해야겠죠."

"사방이 교룡방의 배들인 운하 위에서 어디로?"

"달리 방법이 있나요?"

"일을 이 지경으로 만들어놓은 사람치곤 무책임한 대답이군."

"힘을 합치기로 했으면 그런 거지. 뭔 군말이 그렇게 많아. 네놈은 내가 우습게 보이느냐!"

검노가 버럭 역정을 내며 홍적산을 쏘아보았다.

조빙빙이 그런 검노의 팔을 잡아끌어 진정시키고는 다시
말을 이어갔다.

"우리가 일을 망쳤다는 건 인정해요. 하지만 일의 선후를
따지자면 우리야말로 당신들 덕분에 이 고생을 하고 있다는
걸 잊지 말기 바라요. 그리고 난 당신들이 전복하려고 했던
자하부의 오공녀입니다."

"정녕 그리 생각하시는가?"

"달리 할 말이 있나요?"

"그 얘긴 나중에 따지는 것이 좋겠군."

일의 순서를 따지자면 자하부가, 더 나아가 뇌정신군이 저
지른 패악이 더 크다. 그는 백백궁을 기습해 죄없는 여자와
아이들을 죽이고 마도십병을 탈취해 가지 않았는가.

홍적산은 지금은 그 지난한 얘기를 할 때가 아니라고 생각
했다. 하지만 홍적산의 말에서 무언가 이상함을 느낀 조빙빙
은 쉽게 물러나지 않았다.

"그게 무슨 뜻이죠?"

"지금쯤 살극달과 나의 주군께서 만나고 있을 것이다. 살
극달 역시 그것을 물었을 테니 자세한 얘기는 나중에 그에게
들어라."

"아뇨, 난 지금 들어야겠어요."

홍적산은 잠시 고민을 하더니 뒤쪽에 있는 수하들 중 하나

를 향해 고개를 끄덕였다. 수하는 재빨리 선실로 내려가더니 잠시 후 밧줄에 꽁꽁 묶인 한 사람을 끌고 왔다.

그를 본 조빙빙과 사람들의 눈이 휘둥그레졌다.

그는 곤죽이 되도록 얻어터진 엽사담이었다.

第九章
탈옥을 하다

살극달이 눈을 떴을 때 수라마군은 상념에 빠져 있었다. 고 개를 숙인 채 아래를 내려다보는 그의 모습은 왠지 모르게 쓸 쓸해 보였다.

문득 기척을 느낀 수라마군이 말했다.

"오경(五更)이 깊어가는군. 날이 밝으면 소설(小雪)인데 올 해는 눈을 볼 수 있으려나 모르겠는걸."

소설은 입동(立冬)이 지난 후 십오 일째 되는 날로 이때쯤 첫눈이 내린다 하여 소설이라 불린다. 대륙인들은 소설을 매 우 중요하게 생각하여 오 일씩 묶어 삼후(三候)로 나누기까지

한다.

초후(初候), 중후(中候), 말후(末候)가 그것인데 초후부터는 무지개가 걷혀서 이듬해까지 나타나지 않고, 중후에는 천기(天氣)는 오르고 지기(地氣)는 내리며, 말후에는 천지간의 색이 모두 빠져 마침내 대설(大雪), 즉 큰 눈이 온다.

이 시기에는 기온이 급강하고 바람도 심하기 때문에 사람들은 옷차림을 바꾸고 뱃사람들은 배를 띄우지 않는다. 겨울을 날 채비를 하는 것이다.

"눈을 좋아하나 보군."

"눈 내리는 시골 마을을 본 적이 있나?"

살극달은 눈을 지그시 감았다.

수라마군이 무슨 말을 하려는지 알 것 같기 때문이었다.

"사람들은 자취를 감추고 오직 눈송이만이 하늘하늘 내리는 광경을 보고 있노라면 시간이 그대로 멈춘 것 같지. 어느 해인가는 폭설이 내렸어. 나는 폭설 속으로 들어가 한 달 동안이나 목옥에 갇혀 있었지. 그런데도 전혀 갑갑하지 않았어. 오히려 평온했지."

살극달도 눈 오는 풍경을 좋아했다.

눈 오는 풍경을 보고 있노라면 수라마군의 말처럼 나에게만 멈춰 있던 시간이 모두에게 똑같이 멈추는 것처럼 느껴졌다.

영원을 사는 존재에게는 시간의 흐름이 느껴지지 않는다. 하루를 살아도 일 년을 산 것 같고, 일 년을 살아도 하루를 산 것 같다.

시간이라는 개념 자체가 없어지는 것이다. 그러다 어느 순간이 되면 시공간을 초월해 오직 홀로 존재하는 것 같다.

수라마군도 그렇게 살아왔을 것이다.

"양주는 소설에도 눈이 내리지 않아."

"그럴까?"

"그래."

"하지만 난 왠지 눈이 올 것 같은걸."

"오경이 깊어진 줄은 어떻게 알았지?"

좀 전에 수라마군은 오경이 깊어졌다고 했다. 그보다 앞서는 삼경이라고 했다. 시간에 대한 감각이 무뎌진데다 사방에 보이는 것이라곤 어디선가 흘러들어오는 횃불의 잔영밖에 없는 이곳에서 그는 어떻게 시간의 흐름을 아는 것일까?

"바람 냄새와 빛의 기운으로 알 수 있지."

"이곳엔 바람도 없고 빛도 없다."

"있다. 네가 느끼지 못할 뿐."

"너는 느낄 수 있다는 말인가?"

"언제부턴가 대지에 가득 찬 기운들을 다른 사람들보다 좀더 선명하고 구체적으로 느끼게 되었지. 마치 바람이나 공기처럼 내가 자연의 일부가 된 것 같다고나 할까."

물아일체(物我一体). 사물과 나, 객관과 주관, 혹은 물질계와 정신계가 하나로 어울리는, 달리 조화지경이라고도 불리는 경지다.

자연은 곧 신(神)이다.

수라마군은 우주와 자아가 혼연일체가 되는 경지에 이미 접어든 것이다. 무학에 뜻을 두고 구백 년을 수련했으니 그는 이미 신이 되었는지도 모른다. 한 번도 그 세계를 가보지 못한 살극달에겐 수라마군의 말들이 구름처럼 허황할 뿐이었다.

"그것도 신의 영역에서 본 것인가?"

수라마군은 대답 대신 미소를 지었다. 마치 네가 내 말을 믿지 않는다는 걸 알고 있다는 듯.

"또 무엇을 볼 수 있지?"

"물질을 이루는 가장 작은 단위들. 기운이 깃들고 머물다 공(空)으로 사라지는 것. 그리하여 마침내 하나이면서 우주가 되는 것."

"그게 무엇인가?"

"결질(結質). 만물은 인간의 폭으로는 측량할 수 없을 만큼 방대한 양의 결질로 이루어져 있다. 돌멩이도 머리카락도, 심지어 우리를 옥죄고 있는 이 쇠사슬조차도."

"그것들을 모두 볼 수 있단 말인가?"

"보이는 게 아니라 느끼는 거다. 나아가 공명하는 거지."

"그걸 어떻게 증명할 수 있나?"

수라마군은 이번에도 가볍게 웃기만 했다.

한데 갑자기 그의 전신에서 정체를 알 수 없는 새벽하늘을 닮은 기이한 빛이 뿜어져 나오기 시작했다. 그 광경이 마치 언젠가 북해의 광활한 얼음 위에서 본 극광(極光)처럼 신비로 웠다.

그 순간.

따앙!

맑은 쇳소리와 함께 수라마군을 옥죄고 있던 쇠사슬의 한 토막이 터져 나갔다. 뒤를 이어 콩을 볶는 것처럼 여기저기서 쇠사슬이 터지기 시작하더니 순식간에 온몸으로 번졌다.

잠시 후, 수라마군을 옥죄고 있던 수많은 쇠사슬은 단 한 가닥도 남지 않게 되었다. 바닥엔 인간의 도구로는 도저히 만들어낼 수 없는, 기기묘묘한 모양으로 조각난 쇠사슬이 어지 럽게 흩어져 있었다.

수라마군은 자유의 몸이 되었다.

살극달은 그대로 얼어붙어 버렸다.

칠백 년을 살면서 온갖 기이한 일들을 보았지만 오늘처럼 기이한 광경을 본 적은 없었다. 한 줌의 근력도 없이 단지 정신을 집중하는 것만으로 쇠사슬을 터뜨려 버리는 수라마군의 신기에 살극달은 그가 정말로 신의 영역을 보았을지도 모른다는 생각이 들었다.

"놀랄 것 없어. 이적(異跡)처럼 보이겠지만 실은 아주 간단한 일이거든. 한번 해보겠나?"

"내가?"

"말했잖은가, 간단한 일이라고."

"쇠사슬이 터진 소리를 듣고 놈들이 곧 몰려올 것이다."

"그래서 하는 말이야. 내게도 시간이 많지 않다."

또다시 의미를 알 수 없는 말이다.

살극달이 무언가 말을 하려는 순간 수라마군이 살극달의 두 눈을 직시하며 말했다.

"정기신(精氣神)을 열어라."

항거할 수 없는 힘이 담긴 음성이었다.

살극달은 굳이 저항할 필요를 느끼지 못했다. 동시에 왠지 그의 말을 듣고 싶어졌다. 살극달은 수라마군이 시키는 대로 정신을 집중하고 몸을 휘감은 쇠사슬의 감촉을 느껴갔다.

"정(精)은 본체를 이루며 신장에 의지하고, 신(神)은 일신지주로써 심장에 깃든다. 정은 물질을 만들고 신은 물질을 관조하니[精氣爲物游魂爲変] 이 모든 걸 주재하는 건 기(氣)다. 기는 뇌에 깃들며 뇌력(腦力)을 생성한다."

'뇌력!'

살극달은 수라마군이 무얼 말하려는지 뒤늦게 깨달았다. 오랜 세월 세상을 떠돌면서 살극달은 자신만큼이나 이상한 존재들을 만난 적이 있었다.

상자 안에 든 것을 알아맞힌다거나, 물건을 움직이거나, 상대가 무슨 생각을 하는지 알아내는 등의 인간으로서는 도저히 행할 수 없는 이적을 보이는 자들이었다.

더욱 놀라운 것은 그들이 무공을 한 번도 익힌 적이 없는 범부였다는 점이었다. 달리 초인(超人)이라고 불리는 그들은 스스로의 힘을 뇌력이라고 했다.

즉, 내공이 아닌 뇌의 힘으로 그 모든 일을 행할 수 있다는 것이다. 하지만 뇌력이란 말을 언급하면서도 정작 자신들은 그 힘의 근원을 모른다고 했다.

태어날 때부터 뇌력을 지닌 자는 힘의 근원을 모른다. 반대급부로 후천적 노력에 의해 그 힘을 얻게 된 수라마군은 힘의 근원을 알까? 만약 안다면 그가 말한 신의 영역에서 만난 우주의 질서에 대한 비밀이 아닐까?

"두정안(頭頂眼)으로 사물을 관조하라. 그리고 상상하라."

두정안은 눈과 눈 사이에 있다는 제삼의 눈을 말한다. 인간이 자연의 일부였던 태고의 시대에는 여기에 있는 어떤 기관이 대지에 충만한 어떤 기운을 받아들여 가히 짐승과도 같은 예지력을 지녔다고 한다.

살극달은 무념무상의 상태에서 온몸의 기운을 두정안에 집중시켰다. 형체를 알 수 없는 온갖 문양의 빛들이 밤하늘의 별처럼 어지럽게 흩어지고 모이길 반복했다. 그러다 어느 순간 두정안이 뜨거워졌다.

차디찬 쇠의 질감 사이로 한줄기 뜨거운 기운이 아지랑이처럼 흘러들어 갔다. 그리고 무언가 느껴졌다. 이것과 저것, 물질과 물질 사이에 있는 작은 균열 같은 것이었다. 그것이 수라마군이 말한 결질이라는 걸 알 수 있었다. 살극달은 마지막으로 상상했다.

'터져라!'

땅!

왼쪽 손목을 감고 있던 사슬의 고리 하나가 터져 나갔다. 이어 몸 여기저기에서 연속적으로 폭발이 일어났다.

따당땅땅땅땅!

콩 볶는 소리가 요란하게 울리길 한참, 살극달은 어느새 자유의 몸이 되었다. 눈을 떠보니 사방에 기묘한 모양이 되어 흩어진 쇠사슬의 파편들이 보였다. 어리둥절한 살극달을 향해 수라마군이 말했다.

"간단하다고 했잖은가."

"결코 간단할 수가 없는 일이다."

"칠백 년을 살았다. 네겐 이미 그만한 힘이 있었다. 다만 그 힘을 다룰 줄 몰랐을 뿐."

수라마군은 당연한 것처럼 말을 했지만 살극달은 여전히 어리둥절했다. 사람들이 지금의 광경을 보았다면 무어라고 할까. 이제는 정말로 요괴가 된 기분이었다.

"이제 축제를 즐겨볼까?"

수라마군은 뇌옥의 입구로 걸어갔다.

그가 어른 팔뚝 굵기의 쇠창살을 양손으로 잡는 순간 적광이 뻗더니 쇠창살 역시 무참하게 터져 나갔다. 마치 바싹 마른 엿가락이 터져 나가는 것 같았다. 두 사람은 누가 먼저랄 것도 없이 걸음을 옮겼다.

뇌옥의 바깥은 길고 좁은 통로였다.

그곳에 검을 든 한 무리의 무인들이 딱딱하게 굳은 표정으로 서 있었다. 뇌옥 안에서 들리는 폭발음에 놀라 달려오다가 살극달과 수라마군을 발견하고는 그 자리에 얼어붙어 버린 모양이었다.

그들은 흡사 유령을 본 것처럼 놀라 있었다.

"죽을 테냐, 달아날 테냐?"

수라마군이 물었다.

언감생심 수라마군과 살극달이 자신들의 상대가 아니라는

걸 뼛속까지 알고 있는 그들은 당연히 도망을 가야 했다.

하지만 무인의 골기(骨氣)란 때로 두려움을 무릅쓰게 만든다. 명가에 몸담은 자라면 더더욱.

"놈들은 부상을 회복하지 못했다!"

누군가의 명령을 시작으로 여섯 명의 검수가 질풍처럼 달려들었다. 투지가 예사롭지 않더라니 바닥과 벽면을 이용해 부챗살처럼 퍼지며 순식간에 검진이 만들어졌다. 여섯 개의 검이 동시다발적으로 두 사람을 향해 날아들었다.

하지만 그들은 부상을 당한 사람들이 어떻게 쇠사슬을 끊고 뇌옥에서 벗어날 수 있는지를 생각했어야 했다.

수라마군과 살극달이 동시에 쌍장을 휘둘렀다.

빠방빵빵!

막강한 장력이 허공을 휩쓸자 여섯 개의 검은 바람에 쓸린 가랑잎처럼 난상으로 흩어졌다. 그래도 한 수는 있었다. 그 찰나의 순간에도 두 명이 검로를 꺾어 깊숙이 찔러왔다.

살극달은 양손을 쭉 뻗어 예리한 검신을 덥석 잡고는 손목에 철사처럼 휘어감아 버렸다. 빛나는 후발선제의 수법이었다. 탄성을 이기지 못한 검신이 텅텅 소리를 내며 터져 나갔다. 당황한 두 명의 검수를 향해 수라마군의 쌍장이 날아갔다.

퍼펑!

가슴을 격중당한 검수는 대여섯 장을 날아간 끝에 쓰러졌다.

미동도 없었다.

즉사였다.

그때쯤엔 살극달이 허공을 날았고, 앞서 죽은 두 명의 동료가 만들어준 틈을 타 반격을 시도하던 네 명의 검수가 질풍처럼 이어지는 발길질에 픽픽 나가떨어졌다.

*　　　*　　　*

칠흑처럼 깜깜한 밤. 거대한 그림자가 파도치는 수면을 맹렬한 속도로 달리고 있었다. 그림자는 횃불을 모두 끈 교룡방의 흑룡선이었다.

사정은 이러했다.

애초 통운관의 관선으로 쳐들어간 이종학은 그곳에 혼세마왕 일당은 물론 수라마군의 수하들까지 상당수 숨어 있다는 걸 눈치챘다.

특히 갑판 아래로 내려가 선수 쪽 선실문을 열었을 때 느껴지는 두 개의 강렬한 기도가 마음에 걸렸다.

하나는 분명 혼세마왕이었다.

한데 혼세마왕에 필적할 만큼의 기도가 하나 더 있었다. 정체를 알 수는 없지만 필시 수라마군의 수하일 것이다.

어찌 된 영문인지 모르지만 자신과 뇌궁대만으로는 그들을 상대하기에 벅차다고 느낀 이종학은 홀로 혼세마왕을 잡겠다는 생각을 버리고 교룡방에 도움을 청하기로 했다.

당금 무림을 이끄는 구 인의 패주 중 일인으로서 희대의 대마두 혼세마왕과 진검승부를 겨뤄보고 싶은 마음이 굴뚝같지만, 개인적인 호승심에 얽매여 대사를 그르칠 정도로 이종학의 그릇은 작지 않았다.

기회도 아직 남아 있었다.

교룡방의 도움을 받되 결정적인 순간 자신이 칼을 쓰면 되지 않겠는가.

다행히 교룡방의 방주 철목단은 이종학의 취지를 잘 이해해 주었다. 철목단은 즉각 운하 전역에 흩어져 있는 교룡방의 배에 은밀히 연락을 취했고, 길목을 지키는 배들을 제외하고 가용할 수 있는 배를 추렸다.

그렇게 차출된 열 척의 배가 선상의 횃불을 모두 끈 채 먹이를 발견한 맹수처럼 사방에서 통운관의 관선을 포위해 오고 있었다.

한데 어느 순간 놈들이 눈치를 챘다.

여기까지는 어느 정도 예상했던 일이었다.

놈들도 바깥의 상황을 예의주시하고 있을 터이니 십여 척의 배에서 횃불이 사라지는 걸 가볍게 넘기지 않았을 것이다.

중요한 건 짧은 시간 안에 최대한 포위망을 좁히는 것이었고, 그때쯤 되면 이미 수상에서 완벽한 선단(船團)의 진(陣)이 만들어질 거라고 보았다.

한데 이종학이 전혀 예상치 못한 돌발 상황이 발생했다. 놈들은 생각보다 훨씬 빨리 눈치를 챘고, 돛을 최대한으로 부풀린 채 북상하고 있었다.

운하는 지금 남북이 모두 봉쇄되어 있었다.

계속해서 북상하면 교룡방의 본진이 기다리고 있고, 남하하면 곧장 이종학이 탄 흑룡선과 부딪치게 되어 있었다. 호굴이기는 어느 쪽이나 마찬가지지만 굳이 힘을 빼면서까지 북쪽으로 도주할 이유가 없었다.

"북쪽에 무슨 구(溝)가 있소이까?"

이종학이 물었다.

구란 운하와 주변의 담수호를 이어주는 수로를 말한다. 경향운하는 달리 대운하라고 불릴 만큼 대단한 규모를 자랑했다. 본시 커다란 강이었기 때문이다. 커다란 강이 있으면 흘러드는 지류 또한 있게 마련이고, 경향운하가 거느린 강은 대부분 이처럼 자연 그대로의 하천을 개축한 것이었다.

때문에 주변의 담수호와 연결해 주는 수로라고 할지라도 사람이 수시로 빠져 죽을 만큼 깊고 넓은 곳도 많고, 경우에 따라서는 어지간한 강에 육박하는 곳도 있었다.

이종학은 통운관의 관선이 교룡방의 선단이 지키고 있는 북쪽과 자신이 쫓고 있는 사이의 어느 구를 통해 빠져나갈 것이라고 보았다.

그 구마다 또 다른 배가 길목을 봉쇄하고 지킬 것임은 자명했지만 적들의 입장에서는 본진과 정면으로 충돌하는 것보다는 낫지 않겠는가.

"십오 리 내에는 모두 세 개의 구가 있지만, 저만한 배가 들어갈 만한 곳은 단 한 곳밖에 없습니다."

양쪽 관자놀이를 향해 가늘게 뻗은 눈썹이 인상적인 오십 줄의 초로인이 말했다. 귀가 제대로 뚫린 사람이라면 흡사 꼿꼿한 기상의 선비를 연상케 하는 이 초로인이 얼마나 대단한 지략가인지 한 번쯤은 들어보았으리라. 그가 바로 강의 신이라는 뜻의 하백(河伯)이라는 별호를 지닌 교룡방 방주 철목단이었다.

"양주구!"

양주구는 본래부터 경향운하로 접어드는 강이었다. 물길은 곧장 수서호로 연결되며, 수서호의 호반에는 석가장이 있었다.

"놈들은 아마 저 배를 타고 곧장 수서호까지 갈 작정인 모양입니다. 어차피 발각된 상황, 뭍에는 구패의 무인들이 벌떼처럼 깔렸으니 배를 요새 삼아 진격할 생각인 게지요."

이종학은 눈썹을 찌푸렸다.

놈들은 아마도 살극달과 수라마군을 구출할 작정인 모양
이었다. 하지만 대체 무슨 수로? 혼세마왕과 아직 정체를 파
악하지 못한 몇 명의 고수가 섞여 있다고는 하나 겨우 스무
명 남짓한 인원으로 천여 명이 포진하고 있는 호굴로 들어가
겠다고?

이거 완전히 미친놈들이 아닌가.

그 순간, 이종학은 망치로 머리를 때리는 듯한 충격을 느꼈
다. 일다경 전 그가 통운관의 관선에 올랐을 때 갑판에 줄지
어 놓여 있던 바로 그 물건 때문이었다.

"통운관의 관선에 몇 문의 화포가 있는지 보았느냐?"

이종학이 냉좌기를 사납게 돌아보며 물었다.

냉좌기는 정신이 번쩍 들었다.

통운관의 관선에 올랐을 당시 이종학이 냉좌기 자신과 뇌
궁대를 갑판에 세워둔 것은 정체불명의 군졸들을 곤오로부터
떼어놓기 위해서이기도 하지만 동시에 갑판의 이곳저곳을 살
펴보라는 취지였다.

이종학이 직접 그런 말을 언급한 적 없지만 주군을 보필하
는 부장이라면 모름지기 그 정도는 스스로 알아차릴 수 있어
야 했다. 한데 냉좌기는 갑판에 남겨진 군졸들과 기세 싸움을

하느라 중요한 임무를 소홀히 했다.

실수도 이런 실수가 없다.

"죄송합니다."

"이런 멍청한 인사를 봤나."

"벌하여 주십시오."

냉좌기가 무릎을 꿇었다.

지금은 수하의 실수를 책망할 때가 아니었다.

이종학은 냉좌기와 함께 관선에 올랐던 뇌궁대의 다른 수하들을 쓸어보며 물었다.

"누구 아는 사람 없느냐?"

어이없게도 아무도 대답을 하는 사람이 없었다.

낮이었다면 지금이라도 안력을 돋우어 살폈겠지만 하필이면 하루 중 가장 어두운 시각인 동트기 전이었다.

자신도 갑판에 올랐는데 누굴 탓할 것인가.

이종학은 자신의 부주의함에 혀를 깨물고 싶었다. 통운관의 관선에 다가갔을 때 그걸 자세히 살피지 않은 것이 치명적인 실수였다. 화포를 쏠 일이 있을 줄은 상상도 못했던 탓이다.

보다 못한 철목단이 나섰다.

"저 정도 규모면 작게는 오 문에서 많게는 십 문까지 장착이 가능합니다. 좌우 모두 장착을 한다면 그 배수가 되겠지

요. 이곳에서 황궁이 멀지 않고, 바다와 인접한 지정학적인
위치 등을 고려한다면 아마 최대치로 무장했을 듯싶군요."

이종학은 다시 한 번 정신이 번쩍 들었다.

화포가 이십 문이면 일개 문파를 반 시진 만에 초토화할 수
있다. 하지만 무림사를 통틀어 그런 일이 발생한 적이 없는
까닭은 첫째, 무림인은 화포를 쓰는 일이 없고, 둘째, 화포를
실은 배가 목표로 삼은 무림문파로부터 사정거리까지 접근할
수가 없기 때문이다.

하지만 석가장은 다르다.

수서호의 호반을 연하고 있기 때문에 배를 수서호까지만
몰고 갈 수 있다면 능히 일당백의 위력을 발휘할 수 있다.

"뭍을 향해 명적(鳴鏑)을 울려라! 함포 이십 문을 장착한 범
선이 양주구를 통해 수서호로 진격하고 있다. 놈들이 수서호
에 닿기 전에 배를 수장시켜야 한다!"

第十章
밝혀지는 비밀들

엽사담으로부터 그간의 사정을 모두 전해 들은 조빙빙은 머릿속이 노래지는 것 같았다. 엽사담은 백백궁의 혈사 당시 있었던 일이나 그날 이후 구패가 어떻게 문파를 키워왔는지는 알지 못했다. 조빙빙이 들은 것은 단지 엽사담이 구패의 간자였으며, 수라마군의 신임을 얻기 위해 자하부를 장악하려 했다는 것이 전부였다.

그럼에도 불구하고 충분히 놀라운 이야기였다.

결과적으로 보자면 구패의 첫 번째 계획은 자하부를 제물 삼아 수라마군을 잡으려 했다는 것이 아닌가.

"혈기대주는 누가 죽였죠?"

조빙빙이 서늘해진 얼굴로 물었다.

"후후, 말해도 믿지 않을걸."

스릉!

조빙빙은 바람처럼 검을 뽑아 엽사담의 목에 붙였다.

"누가 죽였죠?"

"너는 나를 죽이지 못해. 왜인지 알아? 십 년 동안 한솥밥을 먹은 사이거든. 아비가 누구인지도 모른 채 창녀의 딸로 태어나 평생을 정에 굶주린 너는 결코 나를 죽이지 못해. 후후후."

"……!"

그 순간, 묵직한 발 하나가 날아와 엽사담의 목을 가격했다. 매상옥이었다. 매상옥은 옆으로 쓰러진 엽사담의 얼굴을 자근자근 밟고 깠다. 퍽퍽 소리가 요란하게 울리고 바닥이 순식간에 피로 흥건해지는 와중에도 엽사담은 이를 악물고 비명을 참았다.

"오공녀는 몰라도 나는 너를 죽일 수 있다."

매상옥의 무자비한 구타는 멈출 줄을 몰랐다.

"잘한다. 뚱땡이. 이빨을 몽땅 뽑아버려!"

장자이가 옆에서 매상옥을 응원했다.

"염려 말라고. 반 각 안에 이 새끼가 내 발가락을 쪽쪽 빨게 만들지 못하면 혀를 깨물고 죽어버리려니까."

매상옥은 정말로 이를 뽑을 요량인지 꺽꺽거리는 엽사담의 주둥이를 향해 연거푸 발을 꽂아 넣었다. 입술이 터지고 이가 튀면서 안 그래도 못생긴 엽사담의 얼굴은 더욱더 추해졌다.

"멈춰요."

조빙빙이 말했다.

위치를 옮겨 콧잔등을 향해 발길질을 가하려던 매상옥이 우뚝 멈추고 조빙빙을 바라보았다. 조빙빙을 알게 된 지 그리 오래는 아니었지만 지금과 같은 표정은 처음이었다. 핏기는 모두 빠져나가 창백하고 눈동자는 넋 나간 사람처럼 흐렸다. 아마도 속으로 울고 있으리라. 매상옥은 쓰러진 엽사담을 일으켜 앉히고는 머리카락을 틀어쥐며 속삭였다.

"경고하건대 오공녀께서 묻는 말에 똑바로 대답해라. 안 그러면 죽지도 살지도 못하는 고통이 어떤 건지 똑똑히 보여주마. 아는지 모르지만, 난 백귀총의 살수다."

백귀총의 살수라는 한마디에 갑판이 쩌정쩡 얼어붙었다. 홍적산과 그의 일행은 뜻밖에 밝혀진 매상옥의 신분이 생각보다 대단한 탓에 잠시 얼굴이 굳었다.

장자이는 좀처럼 볼 수 없던 매상옥의 서늘한 음성에 오한이 들었다. 잊고 있었는데 매상옥은 중원오대 살문 중 한 곳인 백귀총의 살수다. 백귀총은 실수의 대가를 죽음으로 치르는 전설의 살수집단. 그런 무시무시한 곳에서 지금까지 살아남은 매상옥의 심장이 차갑지 않을 리 없었다.

매상옥이 곁으로 물러나자 조빙빙이 다시 엽사담에게 물었다.

"혈기대주는 누구에게 죽었죠?"

"아직도 혈기대주를 사랑하느냐?"

"……"

"그가 부럽군."

"……"

"그날 혈기대를 죽이기 위해 동원된 숫자는 모두 열 명, 우리는 혈사곡에서 매복을 한 채 그들을 기다렸다."

"우리?"

"나를 포함한 후기지수 십 인의 모임이다. 장차 문주의 자리를 이어받을 청룡들이지. 우리끼리는 청룡십우(靑龍十友)라고 부른다. 단 열 명으로 이루어진 조직이지만 각자가 지닌 수하들을 합하면 일천의 병력을 동원할 수 있는 막강한 힘이다. 하지만 그 이름과 달리 청룡십우 내에도 귀천이 있고 서열이 있지. 그들은 사부의 진전을 잇지 못했다는 이유로 내게 자신들과 어울릴 수 있는 자격을 증명하라고 했다."

"그래서 구패의 개가 되어 수라마군의 휘하로 들어갔나요?"

"다시 옛날로 돌아가도 난 똑같은 선택을 할 거야. 그들의 힘은 상상을 초월한다. 그 일원이 되면 나도 자하부를 가질 수 있었다. 그때도 네가 날 밀어냈을까?"

"당신이 천하를 가졌어도 마찬가지였을 거예요."

"후후, 그랬으면 좋겠군. 그래야 덜 억울할 테니까."

"마지막으로 묻겠어요. 혈기대주는 누가 죽였죠?"

"청룡십우의 좌장 체운학이 명령을 내렸고 구담이 마지막 숨통을 끊었다."

"제 오라버니가 그럴 리가 없어……!"

"내가 믿지 않을 거라고 했지? 그는 네가 생각하는 그런 사람이 아니다."

"거짓말, 거짓말이야!"

"듣자 하니 넌 제운학에게 구명의 빚을 졌다지? 자, 이제 어떡할 셈이냐? 네가 사랑했던 사람의 복수를 위해 제운학을 죽일 것이냐? 아니면 구명지은을 입은 사람을 위해 사랑했던 사람의 죽음을 잊을 것이냐. 크하하하!"

엽사담은 미친 사람처럼 광소를 터뜨리더니 앉은 상태에서 돌연 바닥을 박찼다. 그렇게 얻어맞고도 어디에서 그런 힘이 나왔는지 엽사담은 난간을 넘어 강물 속으로 뛰어들어 버렸다.

매상옥이 황급히 난간으로 달려갔지만 엽사담은 보이지

않았다. 양손을 쇠사슬로 꽁꽁 묶인 상태였으니 제 발로 살아
나긴 어려울 것이다.

"그래도 혹시 모르니."

매상옥이 상의를 훌렁훌렁 벗더니 입에 단도 한 자루를 물
고 물속으로 뛰어들려 했다. 도망친 적은 후환을 없애기 위해
서라도 반드시 숨통을 끊어놓아야 직성이 풀리는 살수로서
본능이 되살아난 것이다.

그 순간.

피유우웅! 피유우웅!

명적, 달리 우는살이라고도 불리는 불화살 다섯 발이 밤하
늘을 갈랐다. 신호에 맞춰 운하 위 다른 곳에서도 명적이 잇
달아 오르더니 뭍에서도 화답하듯 수십 발의 명적이 시차를
두고 울렸다.

"우리가 도주하고 있다는 걸 눈치챘어요."

장자이가 카랑하게 외쳤다.

그녀는 막 물속으로 뛰어들려고 하던 매상옥의 손을 저도
모르게 덥석 잡았다.

"놔둬. 지금은 엽사담을 죽일 때가 아냐."

"놔두면 후환이 될지도 몰라."

"그러다 너까지 위험해져."

"내가 왜?"

"이런 멍충이. 너 혼자 물속에 있을래?"

매상옥은 그제야 장자이의 말을 알아들었다.

적들이 눈치를 챘으니 관선은 더욱더 속력을 내 도주해야 한다. 한가롭게 엽사담을 찾아 죽이고 있을 때가 아니었다.

그 순간, 밤하늘에서 요란한 파공성이 울리더니 '픽!' 하는 소리와 함께 돛대에 꽂힌 화살 한 대가 꼬리를 패르르 떨었다.

한데 화살 꽂히는 소리가 이상했다.

돛대는 굵은 나무 기둥이니 '텅!' 하는 소리가 나야 정상이 아닌가.

화살과 돛대, 그리고 바닥에 떨어진 무언가를 유심히 살피던 사람들은 뒤늦게 영문을 알아차렸다. 화살촉에 매여 있던 호리병이 깨진 것이다. 호리병에 들어 있던 액체가 돛대를 타고 주르륵 흘러내렸다.

"이게 무슨 냄새지?"

검노가 코를 벌름거리며 말했다.

"기름!"

조빙빙의 말이 떨어지는 순간 '화르륵' 소리와 함께 불화살 한 대가 또다시 밤하늘을 가르며 날아왔다. 이번엔 '텅!' 하는 소리였다. 화살은 정확히 돛대에 박혔다. 동시에 돛대에 퍼진 기름을 따라 불길이 화르륵 퍼지더니 삽시간에 돛으로 번져갔다.

"불을 꺼라! 물을 부어라!"

누구의 것인지도 모를 외침이 곳곳에서 터져 나왔다. 갑판에 있던 사람들이 함지박으로 물을 길어 던져 보았지만 불길은 바람에 바싹 마른 돛을 순식간에 집어삼켜 버렸다. 바람의 힘으로 나아가는 범선이 돛을 잃어버렸으니 낭패도 이런 낭패가 없다.

사람들은 불화살이 날아온 방향으로 시선을 주었다. 화살은 범선의 후방 백여 장 밖에서 날아왔다. 범인이 누구인지는 보지 않아도 알 수 있었다. 이만한 거리에서 정확히 돛대를 맞출 수 있는 자는 이종학밖에 없었다.

"생각하면 생각할수록 그때 죽였어야 했어."

검노가 아무리 생각해도 아쉬워 죽겠는지 어금니를 빠득빠득 갈아댔다.

"지금 그게 중요한 게 아니에요. 이만한 거리에서 그가 계속해서 활을 쏜다면 여간 골치 아픈 게 아니에요."

장자이가 작금의 위험한 상황을 상기시켰다.

그때 홍적산이 막소화를 돌아보며 물었다.

"할 수 있겠느냐?"

"그만한 쓸모도 없으면 주공이 나를 불렀을 리도 없죠."

말과 함께 막소화는 여태 등에 메고 있던 장궁을 풀더니 전통에서 화살 한 발을 뽑았다. 날카로운 촉 대신 무명천을 묶어 뭉툭한 화살이었다. 이어 그녀는 허리춤에 매어둔 호리병의 뚜껑을 열고 기름을 화살촉의 뭉툭한 부분에 충분히 부었다. 그런 다음 활활 타오르는 돛으로 다가가 불길을 옮겨 붙였다.

불화살이 된 것이다.

막소화는 불화살을 시위에 재고는 이종학의 범선이 있을 것으로 짐작되는 방향을 향해 힘껏 당겼다. 장궁이 부러질 듯 휘었다.

퍼엉!

팽팽했던 시위가 터지며 유성이 밤하늘을 갈랐다. 백여 장 정도를 날아간 유성이 힘을 잃고 떨어질 무렵 아래가 밝아지며 거대한 돛을 부풀린 시커먼 범선 한 척이 한순간 모습을 드러냈다.

그 순간, 적 범선에서도 불화살 한 발이 날아올랐다. 두 개의 화살은 허공에서 퍽 소리를 내며 터져 버렸다. 이종학이 화살을 쏘아 막소화의 화살을 떨어뜨린 것이다.

"이럴 수가!"

매상옥이 나직한 신음을 터뜨렸다.

나는 화살을 쏘아 쓰러뜨리는 인간이 존재할 줄이야. 매상옥뿐만이 아니었다. 관선에 탄 사람들은 모두 이종학의 신묘

한 궁술에 혀를 내둘렀다. 그것은 감탄을 넘어 두렵기까지 했다.

이렇게 되면 복수는 불가능했다.

그 순간 막소화의 장궁에서 두 번째 폭발음이 들렸다.

쉐애애액!

맹렬한 소리와 함께 화살은 밤하늘 속으로 사라져 버렸다. 잠시 후, 괴이한 파열음과 함께 정체를 알 수 없는 바람 소리가 들렸다. 흡사 누군가 젖은 수건을 터는 듯한 소음은 끊이지 않고 계속 이어졌다.

사람들은 뭐가 어떻게 된 건지 영문을 몰랐다. 유일하게 두 사람, 검노와 홍적산만이 눈을 휘둥그레 떴다.

"크하하. 이거였군, 이거였어!"

검노가 갑자기 앙천광소를 터뜨렸다.

홍적산도 만족한 듯 막소화를 향해 고개를 끄덕여 보였다.

"뭐예요. 어떻게 된 거예요?"

장자이가 치밀어 오르는 궁금증을 참지 못하고 물었다. 하지만 검노와 홍적산은 대답을 해주지 않았다. 어찌 된 영문인지 모르는 사람은 조빙빙이나 홍적산의 다른 수하들 역시 마찬가지였다.

지금은 칠흑 같은 밤이었고, 운하에 떠 있는 배들이 모두 등롱을 끈 상태에서 백여 장 밖의 물체를 식별한다는 건 어지간한 내가고수들도 불가능했다.

"어떻게 된 거야?"

미공자 공손아랑이 물었다.

막소화는 싱긋 웃더니 다시 한 번 불화살을 재어 적 범선을 향해 쏘았다. 잠시 후, 백여 장을 날아간 불화살이 아래를 밝힐 때 사람들은 그제야 상황을 알 수 있었다.

적 범선의 거대한 주돛이 정확히 반으로 찢겨 나가 바람에 어지럽게 펄럭이고 있었다. 그 아래에 혼비백산한 선원들이 새로운 돛을 달기 위해 분주히 오가는 것이 보였다.

비록 불태우는 데는 실패했지만 범선을 움직이는 주 동력을 무용지물로 만들어 버린 것은 매한가지였다.

"어떻게 한 거야?"

장자이가 눈을 동그랗게 뜨고 물었다.

홍적산은 촉이 도끼 모양으로 활짝 벌어진 화살 한 대를 보여주며 말했다.

"육량시(六兩矢)라는 놈이야. 본래는 적의 방패를 쪼개기 위해 만든 건데, 오늘 보니 돛을 찢어놓기에도 안성맞춤인걸."

날아오는 불화살을 또 다른 불화살을 쏘아 떨어뜨리는 신기를 가진 이종학도 어둠 속에서 날아오는 육량시는 어찌할 수 없었나 보다.

"당신, 아주 밥맛은 아닌걸."

장자이가 활짝 웃으며 말했다.

사람들은 사기가 충천하지 않을 수 없었다.

이쪽에도 대단한 궁사가 있다는 걸 몰랐던 이종학이 당황할 생각을 하니 체증이 다 내려가는 것 같았다.

천만다행으로 이종학은 재차 불화살을 쏘지는 않았다. 하지만 안심할 수 없었다. 그에게는 뇌궁대의 고수들이 있다. 관선이 사정거리 안에 들어오면 일제히 불화살을 날릴 게 분명했다.

"하지만 결과적으로는 손해예요."

조빙빙이 아직도 활활 타오르는 관선의 돛을 바라보며 말했다. 바람의 힘을 이용해 나아가는 범선이 돛을 잃어버렸으니 이제 꼼짝없이 운하에 갇히게 생겼다.

사람들은 비로소 현실로 돌아왔다.

이종학이 노린 것도 이것이었다.

"내 저놈의 새끼를 꼭 쳐 죽이고 말 테다."

검노가 어금니를 빠드득 갈며 말했다.

"낭패로군. 꼼짝없이 따라잡히게 생겼소."

홍적산이 말했다.

"돛에 붙은 불이 과녁 역할을 해주고 있어요. 사정거리 내에 접근하면 사방에서 엄청난 숫자의 불화살이 쏟아질 거예요."

조빙빙이 말했다.

화가 머리끝까지 난 검노는 갑판을 성큼성큼 걸어가더니 애꿎은 곤오를 다그쳤다.

"배를 움직여라!"

"돛이 타버린 걸 나더러 어쩌란 말이오."

"나는 그런 거 모른다. 내가 아는 건 네놈의 그 피둥피둥한 살과 기름이 백성의 고혈을 빨아서 생긴 것이라는 거지."

말과 함께 검노가 작대기로 곤오의 옆구리를 꾹꾹 쑤셨다. 달리 포박을 하지도 않고, 마혈도 짚지 않았지만 곤오는 옴짝 달싹하지 못했다.

배 안에 타고 있는 이 정체불명의 인간들이 얼마나 무시무시한 괴물인지를 알기 때문이었다.

강으로 뛰어들 수도 없었다.

앞서 엽사담을 놓친 탓인지 강궁을 든 막소화라는 여자가 바짝 독기를 피워 올리고 있었기 때문이다. 강물로 뛰어드는 순간 저 화살이 날아와 등을 꿰뚫으리라.

옆구리를 찌르는 검노의 작대기는 점점 강해졌다. 단순히 찌르기만 하는 것이 아니라 살짝살짝 내력을 싣는 것 같았다. 급기야 찌릿찌릿한 고통이 전해졌다. 이러다간 아예 내장이 찢겨 나갈 판이다.

"흐윽, 한 가지 있긴 하오."

고통을 참지 못한 곤오가 옆구리를 움켜잡으며 말했다.

"그게 뭐죠?"

조빙빙이 서둘러 물었다.

"물과 배의 마찰력을 최대한으로 줄이면 되오."

"짐을 들어내란 말인가요?"

"그렇소. 나와 내 수하들을 모두 풀어주면 지금보다 훨씬 빨라질 거요."

조빙빙은 즉각 고개를 들더니 매상옥과 장자이는 물론 홍적산 일행을 돌아보며 말했다.

"여러분이 도와주실 게 있어요. 지금 당장 선실로 가서 이들이 백성으로부터 빼앗은 노획물들을 모두 강물에 던져 주세요."

말이 떨어지기 무섭게 사람들이 선실로 걸음을 옮기려 했다. 곤오의 얼굴이 새파랗게 질렸다. 그가 소리쳤다.

"잠깐!"

사람들이 걸음을 멈추었다.

조빙빙이 곤오에게 다가가며 말했다.

"범선을 부리고 화포를 쏘려면 당신들이 꼭 필요해요. 일이 끝나면 모두 안전하게 풀어주겠어요. 하지만 그때까진 최선을 다해 우리를 도와주세요. 우리 또한 전투가 벌어지면 최선을 다해 당신들을 지켜주겠어요."

"대체 내가 어떡하면 되겠소?"

"선원들을 부려 노를 저어주세요."

연안을 오가는 범선은 바람의 힘만으로 움직일 수 없다. 선체의 아래쪽 수면과 가까운 부위에 노구(艣口)를 뚫어 바람이 약할 땐 노를 젓기도 한다.

하지만 범선의 노를 어선의 노와 비교할 수 없다. 훨씬 크고 무거운데다 여러 사람이 일사불란하게 움직여야 하기 때문에 오랜 경험이 필요하다.

조빙빙은 바로 그 노를 저어달라고 했다.

그때, 운하를 살펴보고 있던 막소화가 말했다.

"범선 한 척이 칠십여 장까지 접근해 왔어요. 백 장 이내에 들어온 배는 네 척이 넘고."

이종학이 탄 배가 꽁무니까지 따라붙은 모양이었다. 불화살의 사정거리는 일반 화살에 비해 절반에도 미치지 못한다. 타오르는 불길이 공기의 저항을 심하게 받기 때문이다.

그걸 감안하더라도 칠십 장의 거리면 고도로 훈련받은 궁사가 능히 노려볼 만한 거리였다. 하지만 놈들은 화살을 쏘지 않았다.

이미 돛도 타고 없어져 버린 터에 좀 더 정교한 사격을 가할 수 있도록 기다리는 것이다. 오십 장 거리면 화살에 불을 먹일 테고 사십 장 거리면 일제히 사격을 가할 것이다. 이대로 가면 양주구에 도착하기도 전에 불에 타 죽거나 물에 빠져 죽을 판이다.

"이제 결정을 해주세요."

조빙빙이 곤오를 향해 말했다.

"배를 아주 잘 아는구려."

"한때는 상단을 이끌었죠."

"좋소이다. 하지만 안전을 보장하겠다는 약속은 반드시 지켜주셔야 하오."

"범선의 속도가 빠르면 빠를수록 적들과 전투를 하는 시간도 짧아질 것이고, 당신들의 안전성 또한 높아질 거예요."

곤오는 고개를 끄덕인 후 갑판에 있던 그의 수하들을 모조리 이끌고 선실로 내려갔다. 잠시 후, 배의 양쪽 옆구리로부터 구멍이 뻥뻥 뚫리더니 십여 개의 노가 튀어나왔다. 좌우를 모두 합하면 스무 개였다.

우렁찬 고함과 함께 구령에 맞춰 스무 개의 노가 일제히 움직이기 시작했다. 노가 물을 젓자 범선이 다시 속도를 내기 시작했다.

평소 조용하기만 하던 조빙빙의 수완에 장자이와 매상옥은 혀를 내둘렀다.

곰곰이 생각해 보니 이해도 되었다.

자하부가 그렇게 되고 살극달과 동행을 하면서 다소 조용하게 지내긴 했지만 조빙빙은 소리비검이라는 별호를 얻었을 정도로 차갑고 냉정한 여자였다. 조빙빙이 위기의 순간에 수완을 발휘하는 것이 하나도 이상할 것이 없었다.

$$* \qquad * \qquad *$$

"노를 젓는 모양입니다. 연안을 오가는 범선은 대개 노를 저을 수 있죠."

철목단이 말했다.

"바퀴벌레처럼 끈질기군."

이종학이 말했다.

하지만 배는 이미 지척까지 따라잡았다.

양주구의 입구에서 아군들이 저지하며 시간을 끌면 사정거리 안에 들어오는 것도 시간문제였다. 일단 불화살로 적들을 혼비백산하게 한 다음 순식간에 배를 붙여 선상으로 뛰어들면 된다.

그때부턴 선상 백병전이다.

"준비하시오."

이종학이 말했다.

철목단은 짧게 목례를 한 후 돌아섰다.

순간 지금까지의 조심스럽던 분위기는 온데간데없고 일방을 이끄는 방주의 위엄이 철목단의 전신에서 뿜어져 나왔다. 그는 갑판에 도열한 자신의 수하들을 쓸어본 후 뚝뚝 끊어지는 음성으로 말했다.

"모두 잘 들어라. 저 배에는 혼세마왕이 타고 있다. 경천동지할 무공을 지닌 괴물이지만 두려워할 것 없다. 그는 이미 늙어 이빨 빠진 호랑이에 불과하다. 또한 여기 계신 루주께서 처리하실 것이다."

말미에 철목단이 이종학에게 시선을 주었다.

수하들 앞에서 확인을 시켜주려는 것이다. 이종학은 굳게 다문 입술로 고개를 끄덕여 주었다. 철목단은 다시 수하들을 쓸어보며 말을 이었다.

"알다시피 놈들에겐 화포가 있다. 오래전 장사성이 평강(平江)에서 원의 잔당을 토벌하기 위해 청동포(青銅砲) 이천사백 문을 제작한 일이 있는데, 아마도 그때 흘러들어 온 것이 아닌가 한다. 정확한 명칭은 장군통(將軍筒). 하지만 이 또한 염려할 것 없다. 청동으로 만들었다는 것에서 알 수 있다시피 장군통은 포의 초창기 형태로 명중률이 떨어지며 재장전을 하는 데도 오래 걸린다는 치명적인 약점이 있다. 재수가 없으면 포신이 터져 곁에 있는 사람들이 죄다 날벼락을 맞는 경우도 있지."

철목단의 말에 곳곳에서 웃음보가 터졌다.

결전을 앞두고 수하들의 사기를 북돋우려고 하는 말임을 모르지 않지만, 알면서도 사람들은 사기가 충천해졌다.

'교룡방의 방주가 인걸이라더니 사실이었구나.'

이종학은 속으로 감탄했다.

철목단이 손을 들어 수하들의 웃음을 제지한 후 다시 말을 이었다.

"고로 놈들이 장군통을 쏠 기회는 딱 한 번밖에 없을 것이다. 사정거리에 들어오면 여기 있는 신비루의 형제들이 일제히 불화살을 쏠 것이다. 놀란 놈들은 포를 쏘고 다시 재장전을 하는 사이에 우리는 전속력으로 달려 범선에 뱃머리를 붙여야 한다. 그리고 사악한 마도의 잔당들을 모조리 대운하의 강물에 처넣은 후 만찬을 즐기자!"

"우와아아!"

우레와 같은 함성이 메아리쳤다.

＊　　　　＊　　　　＊

검노와 홍적산 일행이 탄 관선은 순식간에 양주구에 다다랐다. 그러나 또 하나의 난관이 기다리고 있었다. 이미 예상했던 것이지만 막상 눈앞에 닥치자 사람들은 아연실색해질 수밖에 없었다.

폭 이십여 장 정도의 양주구 입구를 네 척의 배가 막아서고 있었다. 환하게 횃불을 밝힌 뱃전에는 갈고리가 달린 밧줄을 든 자들과 도검을 든 자들이 가득했다. 네 척에 나눠 탄 병력을 모두 합하면 족히 일백 명은 될 것 같았다.

거기에 입구의 양쪽 뭍에는 그 두 배에 달하는 궁수들이 도열해 있었다. 화살촉이 뭉툭한 것으로 보아 불화살이다. 유사시 횃불을 붙여 쏘면 관선은 불바다로 변할 게 분명했다.

"어떡할 텐가?"

홍적산이 긴장한 얼굴로 물었다.

조빙빙이 상단을 이끌었다는 말을 듣고 난 후 홍적산도 무조건 조빙빙에게 의지하고 있었다. 최소한 배를 다루는 일만큼은 그녀가 훨씬 나을 것이기에.

"계획대로 뚫고 나갈 수밖에요."

"명령을 내려주게."

"일단 모든 포문을 열고 화포를 쏠 준비를 해주세요. 그리고 두 문을 골라 각각 선미와 선수에 장착하시고요."

"들었지? 서둘러라!"

홍적산이 뒤를 보며 말했다.

그의 수하들이 번개처럼 움직였다.

본시 화포라는 놈은 적의 화살 공격을 피하기 위해 갑판의 아래 선실에 장착하는 것이 원칙이었다. 하지만 이놈의 배는 어쩐 일인지 갑판 위에 있었다. 아마도 실전보다는 화포를 보여주어 위용을 드러내고 싶은 것이리라.

잠시 후 배의 갑판에 도열해 있던 포문이 일제히 열렸다. 제대로 하자면 곤오의 수하들이 포를 다뤄야 했지만 그들은 지금 노를 젓고 있었다. 때문에 좌우에 도열해 있는 포는 죄다 홍적산의 일행과 수하들이 둘씩 짝을 지어 맡았다.

그중 한 문이 뱃머리에 도착했다.

포를 씌운 보자기를 벗기는 순간 조빙빙은 이건 아니다 싶었다. 뽀얗게 묻은 먼지는 그렇다 쳐도 곳곳에 녹이 슬어 도대체 언제 마지막으로 쏘았는지를 짐작할 수 없었다.

"이게 포야? 골동품이야?"

검노가 말했다.

"서두르세요."

조빙빙이 말했다.

검노나 홍적산 일행 중에는 포를 쏴본 사람이 한 명도 없었다. 조빙빙은 아무래도 경험이 있는 군졸의 시범이 필요할 것 같아 선실에서 노를 젓던 곤오의 수하 중 세 명을 불렀다.

곤오의 수하들은 하나같이 물이 가득 든 함지박을 가지고 왔다. 그중 하나가 주걱처럼 생긴 물건을 포구(砲口)에 넣고 긁어대자 정체를 알 수 없는 까만 재가 나왔다. 다른 한 명은 쇠젓가락을 잡고 포의 하단에 뚫린 작은 구멍을 맹렬하게 쑤셨다. 구멍을 막은 녹을 제거하는 것이다.

"미치겠군."

검노가 탄식을 내뱉었다.

마침내 구멍이 뚫리자 군졸이 한 뼘 길이의 심지를 박아 넣었다. 그때쯤엔 포실(砲室)에 가득 찬 찌꺼기도 모두 제거되었다. 장약을 다져 넣고 어른 주먹만 한 포탄(砲彈) 다섯 개를 넣는 것으로 장전이 끝났다.

"다 됐습니다요."

군졸이 이마에 흐르는 땀을 닦으며 말했다.

포신 하나를 장전하는 데 화살 다섯 발은 족히 쏘고도 남을 시간이 걸렸다. 뛰어난 궁사라면 열 발도 가능할지 모른다. 이종학이라면 조금 과장해서 배 하나를 침몰시키고도 남을 시간이었다. 조빙빙은 뭔가 싸한 느낌이 들었다.

"수로를 막아선 배들 중 중앙에 있는 배를 겨냥해 쏘세요. 가능하면 용골(龍骨)을 부수었으면 좋겠어요."

조빙빙이 말했다.

용골이란 배 밑의 중심선을 따라 선미에서 선수까지 가로지른 목재를 말한다. 인간으로 치면 등뼈와도 같은 역할을 하기 때문에 선수 쪽으로 튀어나온 용골을 부수면 배는 앞이 쩍 벌어지면서 순식간에 침몰하게 된다.

조빙빙은 남해의 해적들이 이런 방식으로 군선 열두 척을 반 시진 만에 수장시키는 걸 보았다.

"한번 해보겠습니다."

우렁차게 대답한 군졸이 횃불을 심지에 옮겨 붙였다. '치익' 소리와 함께 불꽃을 일으키며 심지가 빠르게 타들어갔다.

꾸앙!

천지를 뒤흔드는 포성(砲聲)과 함께 화포가 불을 뿜었다. 반동을 이기지 못한 포신이 쿵쾅대며 일 장이나 밀려 나갔다.

다섯 개의 포탄은 포물선을 그리며 날아가다가 곡선의 정점에 이르러 넓게 퍼지더니 네 척의 배를 향해 돌진했다.

퍼퍼펑!

요란한 소리가 울렸다.

하지만 네 척의 배는 멀쩡했다.

대신 그들로부터 이십여 장쯤 앞쪽에서 강물이 십여 장 높이로 솟구쳤다. 잠시 후, 솟구쳤던 물이 떨어지면서 또 한 번의 요란한 소리가 울렸다.

실패였다.

"턱도 없잖아!"

검노가 외쳤다.

"아까운 포탄만 날렸군."

홍적산이 말했다.

"다시 쏘세요!"

조빙빙이 다시 세 명의 군졸을 향해 외쳤다.

겁을 집어먹은 군졸 중 하나가 함지박에 담긴 물을 포신에 들이부었다. '치이익' 소리와 함께 달궈진 포신이 식으며 수증기가 피어올랐다. 왜 물을 가져다 놓나 했더니 저런 용도로 쓰는 모양이었다.

덕분에 재장전은 첫발의 장전보다 더 시간이 걸렸다.

이어 군졸들은 다시 포구에 쇠주걱을 넣어 화약 재를 긁어내고, 쇠젓가락으로 구멍을 뚫어 막힌 심지를 뽑아냈으며, 화약을 다지고, 포탄을 장전했다. 이윽고 장전이 끝났을 때 군졸 중 하나가 매처럼 날카로운 눈으로 포신을 조절하더니 심지에 불을 붙였다.

꾸앙!

굉음과 함께 두 번째 포탄이 발사되었다.

반동으로 다시 한 번 화포가 쿵쾅거리는 사이 포물선을 그리며 날아간 다섯 개의 포탄은 이번엔 네 척의 배를 넘어 십여 장 바깥으로 떨어졌다. 강물이 일직선으로 솟구쳤다가 떨어졌다.

"이런 멍청한 놈들을 봤나!"

검노가 콧김을 펑펑 뿜으며 외쳤다.

"죄, 죄송합니다. 하도 오랜만에 쏴봐서."

"마지막으로 쏜 지가 언제였느냐?"

"재작년 이맘때쯤……."

"뭐! 그걸 지금 말이라고 하느냐?"

"쏠 일이 있어야 말입죠."

"군졸은 상시 혹독한 훈련을 통해 언제든 전투태세를 갖춰야 하거늘."

"그건 전방의 얘깁죠. 게다가 이놈의 장군통은 오폭이 심해 함부로 훈련을 할 수도 없습니다."

"쓰지도 않을 물건을 왜 싣고 다녀!"

"엄포를 놓기엔 이만한 물건이 없습죠."

잔뜩 어깨를 움츠린 군졸이 기어들어 가는 목소리로 말했다.

그때쯤엔 선미에 있던 또 다른 화포가 작렬했다.

목추경과 홍비쉬 등이 꽁무니를 바짝 따라붙고 있는 교룡방의 범선을 향해 쏜 것이다. 조빙빙과 검노 등은 잔뜩 기대를 걸고 포탄이 날아가는 방향을 살폈다.

하지만 포탄은 기대를 무참하게 짓밟았다.

선미에서 쏜 화포처럼 모자라거나 넘는 게 아니라 아예 한참이나 엉뚱한 방향으로 날아가 애꿎은 강물만 때렸다. 홍적산의 표정이 망연자실해졌다.

"안 되겠어요. 무장 곤오를 불러주세요."

조빙빙이 다시 군졸을 향해 말했다.

"소용없을 겁니다. 이놈의 직책이 좌포장(左砲長) 옳습니다. 제가 이 배에서 포를 제일 잘 쏘지요."

"이런 미친!"

검노가 버럭 역정을 냈다.

난감하기 짝이 없었다.

이렇게 되면 화포 이십 문이 있다 한들 다 무슨 소용인가.

"화포만 믿고 호굴로 뛰어들었는데……."

홍적산이 탄식을 내뱉었다.

다른 사람들 역시 표정이 말이 아니었다.

그 순간, 선단 양쪽의 뭍으로부터 일제히 불화살이 솟구쳤다. 새벽하늘이 대낮처럼 밝아졌다.

"다들 피해요!"

조빙빙의 날카로운 외침과 함께 갑판에 몰려 있던 사람들이 일제히 흩어졌다.

흩어져 봐야 좁은 배 안이었다.

대경실색한 군졸들은 뭐라도 엄폐물이 될 만한 곳 뒤로 숨었다. 나머지 조빙빙 일행과 홍적산 일행은 각자의 병장기를 뽑아 들고는 날아오는 화살을 쳐냈다. 불화살인 탓에 속도는 느리고 날아오는 궤적도 환히 보인다는 게 다행이라면 다행이었다.

화살을 쳐내는 소리, 화살이 갑판 여기저기에 꽂히는 소리가 한참이나 울렸다. 천만다행으로 화살을 맞은 사람은 없었지만 대신 갑판이 불길에 휩싸였다.

"불을 꺼라!"

"화살을 치워라!"

검노와 홍적산의 외침이 카랑카랑 울리는 가운데 사람들은 화살을 발로 차서 강물에 떨어뜨렸다. 다들 무공의 고수들인지라 갑판 위의 불화살들은 삽시간에 사라져 갔다.

하지만 그때쯤엔 두 번째 화살비가 날아왔고, 갑판은 순식간에 또다시 유성이 떨어진 자국처럼 온통 불화살로 난무했다.

"화포는 아직 장전되지 않았나요?"

조빙빙이 외쳤다.

일단 배를 수로로 밀어 넣어야 좌우의 뭍에 늘어선 궁수들을 향해 화포를 쏠 수 있었다. 그러려면 우선 구의 입구를 막아선 네 척의 선단을 뚫어야 했다.

하지만 조빙빙의 외침은 헛되이 메아리쳤다.

불화살이 날아들자 잔뜩 겁을 집어먹은 군졸들이 꽁무니를 빼고 도망가 버렸기 때문이다. 어디에 처박혔는지 머리카락도 보이지 않았다.

"내 이놈들을 당장!"

검노는 고래고래 고함을 지르며 금방이라도 군졸들을 찾아내 쳐 죽일 기세였다. 하지만 그러고 있을 시간이 없었다. 세 번째 불화살이 날아들면서 갑판은 이제 쑥대밭이 되어버렸다.

그 와중에도 선상의 사정을 알 리 없는 갑판 아래의 곤오 일행은 조금이라도 빨리 전장에서 벗어날 욕심에 죽으라고 노를 저었다. 덕분에 배는 함정이나 다름없는 적들을 향해 쏜 살같이 달려갔다.

"조 소저, 배를 멈춰야 하네!"

용두장도 한 자루로 화살을 십여 대를 쳐낸 홍적산이 조빙빙을 향해 돌아서며 말했다.

"저놈 말이 맞다. 이대로 돌진했다간 통구이가 되어버릴 거야!"

검노 역시 불화살을 떨쳐 내며 말했다.

언제 어떻게 당했는지 그는 소맷자락이 홀라당 타버린 상태였다.

"지금 물러나면 몰살이에요."

조빙빙은 침잠한 어조로 말했다.

"이종학 놈이 걱정이라면 내가 맡으마."

검노가 제 가슴을 탕탕 쳐 보였다.

"그와 격전을 치르는 동안 운하에 있는 모든 배가 몰려올 거예요. 그들 모두를 상대로 이길 수도 없거니와 퇴로조차 없어 백전백패예요."

"그럼 이대로 저길 뚫자는 말인가?"

홍적산이 노한 음성으로 물었다.

"그 방법밖에 없어요."

"하지만 무슨 수로."

"두 분께서 절 좀 도와주세요."

그때쯤 네 번째 불화살이 날아왔다.

사람들이 미친 듯이 화살을 쳐내고 치우는 동안 조빙빙은 재빨리 뱃머리로 달려가 군졸들이 버리고 간 화포를 잡았다. 그러곤 곧장 쇠주걱으로 포실에 쌓인 화약재를 긁어냈다.

검노와 홍적산은 서로를 보며 고개를 끄덕인 후 서둘러 달려가 조빙빙을 도왔다. 홍적산이 심지 구멍을 뚫고 새 심지를 박는 사이 검노는 화약을 다져 넣고 포탄을 장착했다.

한데 한 가지 문제가 있었다.

애초 화포는 경사를 이루고 반동을 견디기 위해 강철로 만들어진 사다리꼴 모양의 지지대 위에 얹혀 있었다. 한데 두 번의 발포 때 생긴 반동으로 말미암아 그 지지대가 부러져 있었다.

"빌어먹을, 아주 죽으라 죽으라 하는구만!"

검노가 말을 씹어 뱉었다.

"내가 다른 화포에서 하나를 빼 오겠소!"

홍적산이 외치며 뒤쪽으로 달려가려 했다.

"그걸 언제 가져와 장착한단 말이야?"

"어쩔 수 없잖소!"

그때쯤 범선은 어느새 구의 입구에 다다랐다. 네 척의 선단은 학익진(鶴翼陣)으로 천천히 배열을 바꾸고 있었다. 갑판엔 쇠갈고리를 든 선원들이 빽빽하게 서 있었다. 범선이 접근하는 순간 갈고리를 던져 배를 붙일 생각이었다.

배가 붙으면 끝이었다.

네 척의 배를 끌고 수로를 달릴 수도 없거니와 그나마 개떼처럼 기어오르는 적들을 상대하다 보면 배를 부릴 여유조차 없게 된다.

"비켜!"

말과 함께 검노가 갑자기 오백 근에 육박하는 화포를 번쩍 들어 옆구리에 끼었다. 이어 전방의 범선을 향해 포신을 겨누고는 말했다.

"불을 붙여라!"

"반동을 견디지 못할 거외다!"

홍적산이 만류했다.

"붙이라니까!"

거듭되는 검노의 외침에 조빙빙은 심지에 불을 붙였다. 심지가 불꽃을 터뜨리며 빠르게 타들어 갔다.

갑작스러운 상황에 갑판 위의 불화살을 쳐내던 사람들이 일제히 동작을 멈추고 검노를 바라보았다. 검노의 이마에서 흘러내린 땀방울이 포신으로 뚝 떨어지는 순간 화포가 불을 뿜었다.

꾸앙!

대륙을 경동시킨 무적의 고수도 화약이 뿜어내는 힘을 어찌할 수는 없었다. 엄청난 반동을 견디지 못한 검노는 대여섯 장이나 튕겨난 끝에 나뒹굴었다. 사람들은 검노의 안위를 살필 겨를도 없이 다섯 개의 포탄이 날아간 방향을 보았다.

콰쾅!

엄청난 굉음과 함께 정중앙에 있던 배의 선수가 터져 나갔다. 뱃머리에 서 있던 십수 명의 무인이 흔적도 없이 사라져 버렸다. 폭발하는 파편에 맞아 강물로 떨어지는 이들도 여럿이었다.

"성공이다!"

"배를 폭파시켰어!"

관선 위에선 함성이 터졌다.

홍적산이 서둘러 검노에게 달려갔다.

"괜찮으시오?"

"한 발 더 쏘자!"

말과 함께 검노가 벌떡 일어나더니 함지박에 물을 길어 화포를 식힌 후 또다시 옆구리에 끼고 뱃머리를 향해 달려갔다.

쇠주걱을 들고 화약재를 맹렬하게 긁어내는 검노를 도와 홍적산은 심지를 빼내고 화약을 다지고 포탄을 장전했다.

꾸앙!

화포가 두 번째 불을 뿜었다.

이번엔 좌측으로 빠르게 접근해 오던 배의 갑판의 한복판에 작렬했다. 굉음을 일으키며 사람과 파편이 동시에 흩날렸다. 배는 허리가 뚝 부러지며 천천히 침몰해 갔다.

"으하하하!"

검노가 허공에 대고 앙천광소를 터뜨렸다.

그 웅온한 웃음보에 천지가 쩌렁쩌렁 울렸다. 적들은 대경실색한 반면 아군은 사기가 충천했다. 그때쯤 관선은 나머지 두 척의 배를 좌우로 밀어내며 수로로 접어들었다.

그 순간, 좌우의 뭍에서 백여 개의 불이 켜졌다. 궁수들이 몇 번째인지도 모를 불화살을 쏘기 위해 일제히 불을 붙인 것이다.

관선은 치우지 못한 불화살로 이미 불구덩이나 다름없었다. 그나마 갑판은 장자이와 매상옥을 비롯한 홍적산의 일행이 열심히 움직여 준 덕분에 숨 쉴 공간이라도 있었지만, 배의 측면과 돛대 등은 불화살로 빽빽했다.

이런 상황에서 또다시 불화살이 작렬하면 끝이다. 한계에 봉착한 것이다. 그 와중에도 검노는 한 발이라도 더 쏘고 죽겠다는 듯 화포를 다시 장전했다. 그 순간, 조빙빙의 입에서 기다렸던 명령이 떨어졌다.

"발사!"

미리 대기하고 있던 홍적산의 수하들에 의해 갑판의 좌우에 도열해 있던 열여덟 개의 화포가 일제히 불을 뿜었다.

꽝꽝꽝꽝꽝꽝꽝······!

천지를 뒤흔드는 굉음과 함께 수로의 양쪽 뭍이 쑥대밭으로 변했다. 흙과 사람, 그리고 각종의 병장기들이 한데 뒤엉켜 허공으로 흩어졌다. 고막이 얼얼한 가운데 공중으로 솟구쳤던 파편들이 점점이 떨어져 내렸다.

잠시 후, 뿌연 먼지 사이로 포화의 참상이 보였다. 아비규환이 따로 없었다. 누구의 것인지 모를 살점과 팔다리를 잃은 자들의 비명, 그리고 쏘지 못한 불화살들이 난무했다.

포신을 보고도 피하지 않은 결과다.

피할 수 없었다.

적들의 입장에선 어떻게든 양주구를 막아야 했고, 그러기 위해선 무리를 해서라도 범선을 향해 화공을 펼칠 수밖에 없었다.

애초 그들은 속전속결로 전투를 끝내 피해를 최소한으로 줄일 생각이었지만, 관선 위의 사람들이 불바다 속에서도 상상 이상으로 오래 버티었다. 그게 치명적인 반격을 허용한 이유였다.

연이은 포격으로 수로의 파도는 폭우를 만난 바다의 그것처럼 사나웠다. 그 와중에도 남은 두 척의 배에 탄 적들은 관선에 배를 대며 기어오르고 있었다.

뭍의 적들 또한 아직 많이 남아 있었다.

생존자들이 대열을 정비하고 다시 불화살을 재기 시작했다.

"화포를 재장전하세요!"

조빙빙의 카랑카랑한 목소리가 울렸다.

포를 잡은 사람들이 일제히 재장전을 했다.

하지만 화포를 재장전하는 데는 지나치게 많은 시간이 걸렸다. 포실에 남은 재를 긁어내기도 전에 적들의 불화살이 작렬할 것이다.

그야말로 백척간두의 상황, 갑자기 수로 양쪽의 갈대숲으로부터 엄청난 숫자의 화살이 하늘을 새까맣게 물들이며 날아올랐다. 화살 비는 불화살을 쏘려던 뭍의 적진을 뒤덮었다.

"으악!"

"아악!"

곳곳에서 비명이 울리고 적들이 쓰러졌다.

뒤를 이어 갈대숲을 헤치고 시커먼 그림자들이 나타났다. 복면을 쓴 검은 인영의 숫자는 족히 오백은 되어 보였다. 그들은 적진 속으로 뛰어들어 살아 있는 자들을 닥치는 대로 베고 쓰러뜨렸다.

갑작스런 병력의 등장에 적들은 혼비백산했다.

홍적산의 얼굴이 뜨거워졌다.

수라마군이 이끌고 왔다는 오백의 고수가 등장한 것이다. 홍적산이 외쳤다.

"길을 열어라! 배를 호위하라!"

홍적산의 명령에 따라 오백의 고수들이 아직 남아 있는 두 척의 배와 갈고리를 던져 관선을 기어오르려는 적들을 향해 일제히 화살을 쏘아댔다. 적들은 추풍낙엽처럼 떨어져 내렸다.

그 순간, 검노는 갑자기 무슨 생각이 들었는지 그 어느 때보다 빠르게 재를 긁어내고, 심지를 박고, 앞서보다 두 배나 많은 화약을 다져 넣었다. 마지막으로 포탄 열 개를 빈틈이 없도록 꽉꽉 쑤셔 넣었다.

"뭐하시려고요?"

매상옥이 물었다.

"보면 알아!"

"포신이 견디지 못할 겁니다!"

"이판사판이야!"

장전을 끝낸 검노는 포신을 번쩍 집어 들더니 선미로 달려
갔다. 저만치 오십여 장 거리로 접근해 온 시커먼 범선이 보
였다. 깜깜한 밤중에도 갑판의 광경이 선명하게 보이더라니
선수에는 불화살을 잔뜩 매긴 십여 명의 궁수가 보였다. 그들
로부터 서너 걸음 앞 흑룡의 머리모양을 조각한 뱃머리에는
성명병기 벽력궁을 든 이종학이 서 있었다.

"개노무 자식. 대갈통을 날려주마!"

검노는 한 발을 앞으로 뒤로 척 내미는 동시에 천근추의 수
법을 펼쳐 무게중심을 잡았다. 이어 포신을 하늘을 향해 비스
듬히 세우더니 말했다.

"불 붙여!"

第十一章
마지막 난관

쾅!

삼 장에 이르는 단단한 대리석 탁자가 지진이라도 난 것처럼 쪼개졌다. 지진의 근원지에는 투박한 주먹 하나가 부르르 떨고 있었다.

지나치게 놀라면 오히려 할 말이 없어지는 법이다. 석단룡은 자신의 귀를 의심하지 않을 수 없었다. 운철(隕鐵) 백 근을 섞고도 모자라 다시 백 번을 두들겨 만든 백련정강의 쇠사슬을 엿가락처럼 부숴 버린다는 게 말이 되나.

수라마군이 상식을 초월한 존재라는 건 알고 있었다. 하지만 인간의 탈을 쓴 이상 그도 한낱 인간에 불과한 것을.

"그래서?"

꽉 깨문 입술 사이로 신음과도 같은 음성이 흘러나왔다.

"스물세 명이 죽었으며, 나머지 전력은 놈들이 향할 만한 길목을 차단한 채 대기 중입니다."

장년의 검수 위군호가 말했다.

강단있는 음성이었지만 어깨는 두려움으로 바들바들 떨리고 있었다. 그도 그럴 것이 명부(明府)의 관리와 수호는 오롯이 그의 책임이기 때문이다.

"놈들은 어디쯤 있지?"

"제삼 비동에서 횃불을 따라 서쪽으로 달리는 중입니다."

"아직 출구는 찾지 못했단 소리군."

"염치없는 말씀입니다만 이대로라면 출구를 찾는 것도 시간문제입니다."

석가장의 지하에 만들어진 비동은 모두 서른일곱 개다. 그것들은 크게 나선형으로 도는 와중에 거미줄처럼 얽히면서 하나의 거대한 미로를 이루는데, 이 전체를 통틀어 석가장에서는 명부라고 불렀다.

한 번 들어가면 나올 수가 없다는 뜻에서 지은 이름인데, 실제로도 허락없이 그곳에 함부로 들어갔다간 지위고하를 막론하고 현장에서 사살된다.

살극달과 수라마군을 명부에 가둬둔 것은 그곳이 석가장에서 가장 깊고 험하며 탈출이 불가능한 사지이기 때문이었다.

한데 놈들이 탈출을 시도했다.

"놈들을 명왕전(明王殿)으로 몰아야 해."

장고에 장고를 거듭하던 석단룡이 말했다.

명왕전은 명부의 비동 중 가장 묘한 곳이었다.

그곳은 지하이면서 동시에 지상의 석가장보다 높은 곳에 있었다.

사정은 이러했다.

나머지 서른여섯 개의 비동은 석가장의 수많은 전각 아래에 있지만 명왕전은 석가장을 연하고 있는 작은 야산 아래에 있었다. 또한 명왕전은 명부에서 유일한 공동(空洞)이자 가장 넓은 곳이었으며 출구가 있는 곳이었다.

명왕전으로 가는 길을 막아도 시원찮을 판에 명왕전으로 유도하라니. 석단룡의 의도를 짐작하지 못한 위군호는 어리둥절할 뿐이었다.

"놈들이 명왕전으로 향하는 동안 몇 번의 난관을 만들 수 있겠나?"

"다섯 번 정도입니다."

"일각은 끌 수 있다는 얘기로군."

석단룡은 고개를 돌려 허름한 노인을 향해 물었다.

"어떻게 생각하시오?"

"일각이면 충분합니다만……."

십지신수 여일몽이 신중한 어조로 말했다.

"시작하시오."

"진정 그리하시겠습니까?"

"한 놈은 구백 년 동안 대적할 이가 없었던 요괴고, 한 놈은 야만의 전사 오백으로 일만마병을 몰살한 전쟁의 신이오. 그 두 놈이 힘을 합치면 천지가 개벽할 것이오. 이제라도 반드시 죽여야 하오."

"알겠습니다."

여일몽은 깊게 허리를 숙인 후 서둘러 방을 나갔다.

석단룡은 침음했다.

상대는 수라마군이다.

그나마 여일몽의 조언을 받아들여 비동 깊숙한 곳에 놈들을 가둔 것이 다행이라면 다행이었다. 만에 하나 내전의 어느 곳에 가두었더라면 지금쯤 장원이 쑥대밭으로 변하지 않았겠는가.

생각만 해도 아찔하다.

한데 가만히 생각해 보니 뭔가 이상했다.

쇠사슬을 끊어버릴 정도의 불가사의한 능력을 지닌 자가 비무대에서는 어찌 그렇게 쉽게 잡혔을까. 물론 만겁윤회로

가 만만한 기관함정은 아니지만 무언가 뒤통수를 뜨뜻미지근
하게 만드는 느낌이 있었다.

석단룡은 무인으로서 자신의 직감을 믿었다.

수라마군은 만겁윤회로에 지나치게 쉽게 빠졌다.

그리고 이 밤 내내 아무 일이 없다가 왜 동이 틀 무렵 탈옥
을 시도하는가. 석단룡은 아무리 생각해도 자신이 무언가 중
요한 것을 놓치고 있다는 느낌을 떨칠 수가 없었다.

비슷한 생각을 한 사람이 또 있었다.

"만약의 경우를 대비해야 하지 않겠습니까?"

호법당주 조철건이 물었다.

석단룡은 장고 끝에 결정을 내렸다.

"동악뇌성은 어디에 있나?"

"뇌궁대를 이끌고 통운관의 관선을 탈취한 혼세마왕 일당
과 교전 중이라는 보고를 받았습니다."

"불러들여라. 구패의 패주들은 물론 양주 전역에 흩어져
있는 무인들을 모두 불러들여라. 양주에 내려졌던 봉쇄령은
지금 이 시간부로 전면 해제다."

"복명!"

*   *   *

뇌옥에서 탈출한 살극달과 수라마군은 계속해서 달렸다. 사방이 석벽인 것으로 보아 여전히 지하였다. 통로는 이리저리 꺾이고 갈라지면서 복잡한 미로를 이루었다.

일정한 거리를 두고 횃불을 박아두어 일부러 안력을 돋우는 수고로움은 덜어주었다. 문제는 어느 쪽이 나가는 길인지를 모른다는 것이었다.

한참이나 달린 후에 안 사실이었지만 비동은 대체적으로 나선형이었으며, 각각의 나선형은 불규칙한 거리를 두고 연결 통로를 통해 또 다른 나선의 비동과 연결되었다.

몇 번째인지 모를 비동을 달린 지 한참, 한 무리의 무인들이 앞을 막아섰다.

철궁을 든 궁수들이었다.

어깨를 맞대고 앉은 첫 줄의 십 인은 한쪽 무릎을 꿇었고, 뒷줄의 십 인은 섰다. 다시 뒷줄의 십 인은 무언가를 밟고 섰다. 이렇게 해서 한 번에 발사할 수 있는 화살의 수는 도합 삼십 개, 덕분에 통로가 꽉 차버렸다.

놈들은 기다리지 않았다.

살극달과 수라마군이 나타나는 순간, 우렁찬 명령이 떨어졌다.

"발시!"

쩌렁한 외침과 함께 부러질 듯 휘어져 있던 삼십 개의 활이 일제히 화살을 쏘아 보냈다. 시위가 터지는 소리, 화살이 바람을 가르는 소리가 공동을 가득 메웠다. 그보다 더 살벌한 장면은 물샐틈없이 허공을 메우며 날아드는 삼십 발의 강전이었다.

"화살은 내가 맡지!"

궁수들이 나타난 순간부터 보폭을 어깨 넓이로 벌리고 있던 수라마군이 양손으로 전방을 향해 태극문양을 그렸다. 순간, 대기가 휘우뚱 일그러지며 한줄기 웅온한 기운이 회오리쳤다. 그 광경이 흡사 주변의 대기가 수라마군이 만들어낸 장력의 중심을 향해 빨려 들어가는 듯했다.

서른 발의 화살은 수라마군이 만들어낸 무형의 강기에 모조리 빨려 들어가 버렸다. 그 찰나의 틈을 타고 살극달이 신형을 쏘았다.

"놈들은 내가 맡지!"

석벽을 타고 수평으로 달린 살극달은 순식간에 다시 화살을 뽑고, 재고, 쏘는 삼십 인의 궁수들 사이로 떨어져 내렸다.

그때부턴 참극이었다.

양 떼 속에 뛰어든 한 마리 범처럼 사방팔방을 향해 권장지각을 떨쳤다. 동공을 울리는 격장음, 귀청을 찢는 비명이 한참이나 울린 끝에 드러나는 광경은 참담하기 이를 데 없었다.

삼십 인의 궁수 중 절반이 피를 흘리며 쓰러졌고, 나머지 절반은 부러진 팔다리를 끌고 달아나기 바빴다. 살극달은 달아나는 자들을 쫓지 않았다. 어차피 죽이는 것이 목적이 아니었고, 또 죽이느라 소비할 시간이 없었다.

두 사람은 다시 한참을 달렸다.

그러다 어느 순간부터 다수의 발걸음 소리가 두 사람을 따라 달리기 시작했다. 어디인지는 모르나 아주 가까운 곳에 있었다. 잠시 후, 십수 명의 검수가 좌우의 옆구리에서 벼락처럼 튀어나왔다.

"갈!"

"갈!"

천둥 같은 대갈일성이 동시에 터졌다.

수라마군과 살극달은 약속이나 한 듯 좌우를 향해 장력을 분출했다. 응축된 장력이 터져 나가는 굉음이 동굴을 쩡쩡 울렸다.

적들은 검초를 나눠볼 사이도 없이 추풍낙엽처럼 떨어져 갔다. 그러다 어느 순간엔 두 사람의 손에도 각각 검이 한 자루씩 들렸다.

그때부턴 일방적인 학살이었다.

자욱한 피 냄새를 맡으며 적을 도륙하던 살극달은 무언가 이상하다는 느낌을 받았다. 달려온 길은 꽤 길었다. 두 번째 격돌 이후에는 발걸음 소리도 최소한으로 죽였다. 그럼에도 불구하고 적들은 두 사람의 위치를 정확히 파악했다.

어떤 원리인지는 모르나 소리는 미로를 따라 사라지기도 하지만, 그 소리가 완전히 사라지기 전에는 미로를 따라 휘도는 것 같았다.

그렇다면 살극달과 수라마군이 어디에서 소란을 일으켜도 머지않아 지하 미로의 전체에 알려진다는 말이 된다. 다만 소리가 전달되기까지의 시간 차이가 있을 뿐이다.

달리 말하면 살극달과 수라마군이 어디에 있든 놈들은 정확한 위치를 파악한다는 말도 된다. 나는 상대의 위치를 모르고, 상대는 나의 위치를 아는 상황, 위험했다.

놈들은 그 후로도 세 번을 더 나타났다.

검이나 활 따위를 들고 떼거리로 나타나서는 마지 결사대처럼 맹렬하게 저항을 했다. 그들은 사납고 용맹했지만 수라마군과 살극달의 상대가 되질 못했다.

두 사람은 적들을 무참히 쓰러뜨리며 무소처럼 달렸다. 그러다 어느 순간부터는 바닥이 오르막으로 변했다. 지하에 왜 이런 괴상한 굴을 팠는지 도무지 이해할 수가 없었다.

"여기가 어디쯤인지 짐작하겠나?"

달리는 와중에 살극달이 물었다.

"전혀."

"지하에 왜 이렇게 복잡한 미로를 만들어놨는지 모르겠군."

"마공비급을 손에 넣은 후 조용히 수련할 곳이 필요했겠지."

"단지 그걸 위해 이런 대공사를 한다고?"

"백백교에는 뇌전(雷電)을 구현해 내는 두 개의 검공과 하나의 궁술이 있다. 첫 번째가 혼원벽력검, 두 번째가 뇌향경천검(雷響驚天劍), 세 번째가 뇌격파천궁(雷擊破天弓). 석단룡은 두 번째인 뇌향경천검을 훔쳤지. 맑은 날에 천둥과 벼락이 치면 강호의 이목을 끌 테니 지하에 따로 미로를 만들 밖에."

"아무리 그렇다고 해도 일개문파가 무공을 익히기 위해 이만한 대역사(大役事)를 시작했다는 게 이해가 되지 않아."

"일개 무공이 아니야. 뇌향경천검은 일천 년 마도의 역사상 가장 뛰어난 검공이다. 능히 천하를 도모할 수 있는 무학이지."

"……?"

"왜 그런 눈으로 보나?"

"구백 년을 살아온 네가 그렇게 말을 하니 이상하다."

"이상할 것 없어. 석단룡도 말했잖나. 하나 더하기 하나가 반드시 둘이 되라는 법이 없는 것처럼 내가 장구한 세월을 살았다고 해도 그동안 익혔던 무학의 양만큼 비례해서 강해지지는 않는다."

무공이란 어느 순간이 되면 정체한다. 지금 익히고 있는 것보다 더 강한 무공류가 나타나지 않기 때문이다. 그때부턴 어떤 무공을 익혀도 하위의 잡술에 지나지 않게 된다. 콩과 콩을 한 되씩 섞으면 두 되가 되지만 콩과 깨를 한 되씩 섞으면 한 되 반이 되는 것과 마찬가지 이치다.

"더불어 뇌향경천검 역시 나만큼이나 오랜 역사를 가졌다. 세대를 뛰어넘을 때마다 무수히 많은 천재에 의해 수정되고 보완된 덕에 가히 무적의 검공이라고 할 수 있지. 그들이 훔쳐간 다른 무학들 역시 대동소이하다."

"너와 석단룡이 싸운다면?"

살극달이 물었다.

말을 하고 보니 살극달은 한심한 질문을 했다는 생각이 들었다. 사실 그 역시 석단룡과 한번 겨루어본 적이 있었다.

하지만 그때는 귀뚜라미와 사마귀를 통해 간접적으로 손속을 나누었기에 본신 실력의 우열을 말할 수는 없었다. 다만 한 가지, 살극달이 느낀 석단룡은 강호에 알려진 것보다 훨씬 강했다는 것이었다.

수라마군은 잠시 생각을 하더니 답했다.

"오래전 기련산(祁連山)에 무적의 고수가 은거하고 있다는 소문을 듣고 찾아간 적이 있다. 그때 만난 자가 바로 뇌향경천검의 당대 전수자였지."

강호에 떠도는 말 중에 대륙을 들어 거꾸로 털면 무신에 육박하는 고수가 열 명은 나올 거라는 말이 있다.

세상엔 무수히 많은 무맥들이 존재하고 개중에는 세상에

알려지지 않은 채 심산에서 수련으로 소일하는 극강의 고수들도 많다는 뜻이다. 수라마군이 말한 기련산의 고수 또한 그런 사람이었으리라.

"그와 나는 삼백여 초를 싸웠다."

승부는 말하지 않아도 알 수 있었다.

그 후 기련산의 고인은 수라마군의 무학에 감복하여 스스로 곤륜산을 찾아가 신하 되길 자처하고 후일 마도십병이라 불리게 되는 희대의 애병까지 바쳤으니까.

결과적으로 수라마군이 이기기는 했지만 삼백여 초면 기련산 고인의 무학이 수라마군에 육박했다고 봐도 과언이 아니었다. 고수들 간의 싸움은 머리카락 한 올 크기의 실수로도 결판이 나는 법이니까.

석단룡이 기련산의 그 고인만큼이나 무재가 뛰어난지는 모르겠다. 하지만 수라마군의 말로 미루어도 석단룡은 역시 강한 상대임이 분명했다. 그건 구패의 다른 패주들 역시 마찬가지일 것이다.

"수련을 하려면 공동을 만드는 게 효율적이지 않나?"

"소리를 죽여도 모자랄 판에 북을 만들라고?"

"……!"

살극달은 뒤늦게 실태를 깨달았다.

공동을 만들면 소리가 공명해 오히려 증폭시킨다. 지상의 사람들이 지하에서 나는 이 소리를 듣는다면 이상하게 생각할 것은 자명했다.

그렇다면 석단룡은 어떻게 그 소리를 잡았을까?

미로다.

미로를 복잡하게 만들어 수련할 때 생기는 천둥소리를 빙빙 휘돌다가 결국엔 잦아들도록 만든 것이다.

"똑똑한 늙은이군."

"아마도 누군가의 도움을 받았겠지."

"십지신수!"

"아는 놈인가?"

"그의 사부를 좀 알지."

"어떤 놈인지 모르지만 제법이군. 나선의 미로가 소리를 집어삼킨다는 것도 알고 말이야."

수라마군의 말이 끝났을 때쯤 길도 끝이 났다.

십여 장 전면은 한 치 앞도 분간할 수 없는 칠흑이었다. 수라마군은 왼쪽 벽에 꽂힌 횃불 하나를 뽑더니 전방을 향해 힘껏 던졌다.

후르르륵!

긴 꼬리를 남기며 횃불이 날아갔다.

한순간 허공이 밝아지며 살극달은 눈앞의 광경을 똑똑히 볼 수 있었다. 그건 작은 연무장을 방불케 할 정도의 커다란 공동이었다.

아무리 둘러보아도 입구는 보이지 않았다.

그 순간 곳곳에서 불꽃이 피어올랐다. 한눈에 봐도 수십 개는 될 법한 불꽃은 사라지지 않고 계속해서 타들어갔다. 살극달과 수라마군은 동시에 똑같은 생각을 떠올렸다.

'폭약!'

"공동을 폭파시켜 우리를 매장할 작정이야."

살극달이 말했다.

폭약의 위력이 어느 정도인지는 알 길이 없다. 하지만 촌철로도 사람을 죽일 수 있듯 혈이 되는 지점 몇 곳만 폭파시키면 공동은 여지없이 무너진다.

"도화선을 끊어야 해!"

살극달이 몸을 날리려 하자 수라마군이 팔을 거세가 잡아챘다.

"너무 많아."

"……!"

수라마군의 말이 맞다.

폭약은 지나치게 많았고, 몇 개는 꺼뜨릴 수 있을지언정 전체를 모두 제거하는 건 어림도 없다. 다른 방도를 찾아볼 틈도 없이 시간만 흘려보낼 것이다.

무엇보다 십지신수가 그런 것까지 안배하지 않았을 리 없다. 폭발이 일어나기 전에 출구를 찾는 일 또한 당연히 불가능할 것이다.

"이렇게 죽는 건가?"

살극달이 말했다.

이건 만겁윤회로에 빠지는 것과는 또 다른 문제다. 깊은 지하에서 대폭발이 일어난다면 신이라고 해도 살아날 수 없었다.

"여긴 내가 죽을 곳이 아니야."

"무슨 말이지?"

"내가 본 내 마지막 모습은 이렇지 않았어. 하지만 난 지금 이곳에서 탈출할 방법이 떠오르지 않는다. 결국 네가 날 여기서 탈출시켜 준다는 말이지."

"내가? 무슨 수로?"

"그건 오직 너만 알고 있다."

"나는 알지 못한다."

"넌 야만의 전사 오백으로 일만의 마병을 몰살했다. 하지만 난 그 두 배에 달하는 병력을 가지고도 오히려 절반에 불과한 오천의 병력을 이기지 못했지. 왜인지 아나? 내겐 너와 같은 능력이 없기 때문이다. 넌 전쟁의 신이다."

살극달은 침잠한 눈으로 수라마군을 응시했다. 저 엄청난 양의 폭약이 일으킬 폭발로부터 무슨 수로 살아난단 말인가. 한데도 수라마군은 불똥이 가득 담긴 눈동자로 살극달을 응시하고만 있었다. 그의 눈동자를 보고 있노라면 마치 오랜 세월 꺼지지 않은 신령한 불씨를 보는 것 같았다.

그 순간, 살극달의 머릿속에 번개처럼 떠오른 생각이 있었다. 이곳은 석단룡의 수련 장소다. 만약 그렇다면 멀지 않은 곳에 입구가 있다. 입구가 있다면 지상과 가깝다는 얘기가 된다.

"빛의 기운을 느낄 수 있다고 했지? 가장 강하게 느껴지는 곳이 어딘가?"

"저기!"

살극달의 말이 떨어지기 무섭게 수라마군은 한 곳을 가리켰다. 공동과 연결된 나선형의 비동 가운데 한 곳이었다.

살극달은 재빨리 몸을 날려 도화선이 타들어 가는 폭약 상자 하나를 집어 든 후 수라마군이 가리킨 비동으로 뛰었다. 어찌 된 영문인지 비동은 불과 십여 장 정도로 짧았다.

살극달은 달리는 와중에 벽을 향해 일장을 폭사했다. 펑 소리와 함께 벽에 큼지막한 구덩이가 파였다. 살극달은 폭약 상자를 구덩이에 집어넣은 후 불타는 도화선의 절반을 뚝 잘라냈다.

"이건 왜?"

수라마군이 잘려 나간 도화선을 들고 물었다. 도화선엔 아직도 불꽃이 타들어 가고 있었다.

"너의 예지력이 틀리지 않다면 바깥이 멀지 않다. 여기다

폭약을 두고 나간 다음 비동의 입구를 장력으로 무너뜨릴 거야. 그럼 폭발력이 이 벽을 향하겠지. 운이 좋아 구멍이 뚫리면 거기로 빠져나간다."

"시차를 두고 폭파시킬 생각이군. 이 폭약이 공동 안의 다른 폭약보다 먼저 터지도록."

"산불을 산불로 잡는 사람들을 본 적 있지."

"이거였군."

"뭐가?'

"참선 중에 네가 날 구해주는 장면을 보았다. 그게 이거였어."

그때 쯤엔 수라마군의 손에 들린 도화선이 거의 타 들어간 상태였다. 살극달이 외쳤다.

"이제 불을 붙여!'

『비룡잠호(秘龍潛虎)』 7권에 계속…

道俠歌

촌부 新무협 판타지 소설
FANTASTIC ORIENTAL HEROES

천애
협로

『우화등선』, 『화공도담』의 뒤를 잇는
작가 촌부의 또 하나의 도가 무협!

무림맹주(武林盟主), 아미파(峨嵋派) 장문인(掌門人),
군문제일검(軍門第一劍), 남궁세가(南宮勢家)의 안주인.

그들을 키워낸 어머니―
진무신모(眞武神母) 유월향(柳月香)!

어느 날, 그녀가 실종되는데…….

"하, 할머니는 누구세요?"

무한삼진의 고아, 소량(少雨)에게 찾아온 기이한 인연.

세상과 함께 호흡을 나눌 수 있다면[天地同息]
천하의 이치를 모두 얻으리라[天下之理得]!

이제, 천하제일인과 그녀가 길러낸
마지막 자손의 이야기가 펼쳐진다!

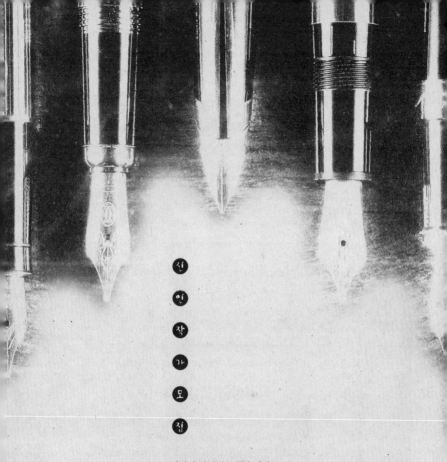

신
인
작
가
도
집

시작이 반이라고 했습니다.
작가의 길에 대한 보이지 않는 벽을 과감히 깨뜨리십시오!
청어람은 작가 지망생 여러분들의
멋진 방향타가 되어드리겠습니다.

저희 도서출판 청어람에서는
소설 신인 작가분들을 모집합니다.
판타지와 무협을 사랑하시는 분들의 많은 참여를 바랍니다.
소정의 원고(A4용지 150매)를 메일이나 우편으로 보내주시면
검토 후 출판 여부를 알려드리겠습니다.

주소:경기도 부천시 원미구 심곡2동 163-2 서경B/D 2F 우편번호 420-822
TEL:032-656-4452 · **FAX**:032-656-4453
http://**www.chungeoram.com**
e-mail:chungeoram@chungeoram.com

소드 슬레이어

류연 판타지 장편 소설

FANTASY FRONTIER SPIRIT

그날로 돌아간 그 순간부터 입버릇처럼 붙은 한마디.
"생각해라, 아서 란펠지."

귀족 반란에 휘말린 채 죽어야 했던 기사, 아서 란펠지.
600년 전 마룡 카브라로 인해 봉인당한 세 용사의 영혼.
버려진 이름없는 신전에서 그들이 만났을 때
운명은 또 다른 전설의 서막을 알렸다!

소드 슬레이어

힘없이 죽어간 모든 인연들을 위하여
무력하고 허망했던 어제를 딛고
멈추지 않는 오늘을 달려 내일을 잡아라!

위선에 가득찬 검들을 향해
여섯 번째 마나 소드, 에스카룬의 검이 질주한다!

Book Publishing CHUNGEORAM

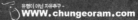

유행이 아닌 자유추구 -
WWW.chungeoram.com

정민교 新무협 판타지 소설
FANTASTIC ORIENTAL HEROES

낭인무사
浪人武士

2011년 대미를 장식할
준.비.된. 작가 정민교의 신무협이 온다!
『낭인무사(浪人武士)』

"죄수 번호 사천이백삼, 담운!"
"……!"
"출옥이다."

만두 하나.
고작 그 하나에 이십 년 옥살이를 한 소년, 담운.
그 답답하고 억울한 미음을 풀어낸다!

무림맹! 구대문파! 명문세가!
겉만 번지르르한 놈들은 다 사라져라!
겉과 속이 다른 너희들을 심판하러 내가 왔다!

Book Publishing CHUNGEORAM

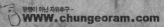

유행이 아닌 자유추구 -
www.chungeoram.com